야마카와 마사오 소설선

아마 사랑일지도

WeBook

위북은 '함께'의 '가치'를 소중하게 생각합니다.
독자 여러분들의 소중한 의견이나 투고 원고는
we-book@daum.net으로 보내주시기 바랍니다.

야마카와 마사오 소설선

아마 사랑일지도

ⓒ 위북, 2021

초판 발행일 2021년 12월 06일

지은이 · 야마카와 마사오
옮긴이 · 이현욱, 하진수, 한진아

〈책을 만든 사람들〉
편집주간 · 추지영
마케팅 · 페이지원
디자인 · 디자인오투
홍보 · 김범식
물류 · 북앤더
지원 · 김익수 김태윤 정현주
제작총괄 · 안종태
제작처 · 월드페이퍼 한길프린테크 경문제책사

펴낸이 · 강용구
펴낸곳 · 위북(WeBook)
출판등록 · 2019. 10. 2 제2019-000271호.
주소 · 서울시 마포구 양화로 127(서교동)
　　　첨단빌딩 4층 432호.
전화 · 02-6010-2580
팩스 · 02-6937-0953
이메일 · we-book@naver.com

잘못되거나 파본된 책은 구입하신 서점에서 교환해 드립니다.

ISBN 979-11-91618-07-5 (03830)
정가 15,000원

아마 사랑일지도

愛のごとく

야마카와 마사오 소설선

이현욱·하진수·한진아 옮김

위북

차례

아
마
사
랑
일
지
도

나의 관심은 언제나 나 자신이었다. 나 자신 외에는 달리 확실한 것이 없었기 때문에 그것을 나름의 정의라고 생각했다. 언제나 자신을 규정하고, 설명하고, 불가능에 도전했다. 자신을 비웃고 경멸하고 조소를 보내면서도 어쩔 수 없이 인정하는 것처럼, 나 자신과만 사귀어왔다. 자신과 사귄다. 이런 일이 가능하냐 아니냐는 별개의 문제다. 단지 나는 그러고 싶었다. 이런 이유에서인지 아닌지는 모르겠다. 나를 가장 싫어하는 타인역시 언제나 나였다. 나는 내가 누구도 사랑할 수 없다고 확신했다.

주에 한 번, 나만의 3량짜리 하숙집에 갔다. 금요일부터 일요일 저녁까지. 가족과 함께 살면 일어났을 때부터 잠들 때까지, 때로는 잠들어 있을 때조차 혼자 있을 수 없었다. 쓸개염 때문에 장사를 그만두고 아직 아팠다 괜찮았다를 반복하는 어머니와 33세 미혼의 누나, 25세 여동생. 나는 항상 누군가의 푸념을 들어야만 했다. 집 평수는 꽤 넓었지만 도망칠 방은 없었다.

병세가 낫지 않은 탓인지 그 무렵 어머니는 내 얼굴만 보면 푸념을 늘어놓았고, 한탄을 끝없이 하다가 화를 내곤 했다. 시간은 상관없었다. 어머니의 병에 대해 화를 내고, 의사에 대해 화를 내고, 이로 인해 내 부담이 늘었다는 것을 걱정하다가 이에 대해 화가 나서 다른 곳에 살기로 한 할아버지의 방자함에 화를 내고, 할아버지를 용서한 나에게 화를 내고, 일찍 돌아가신 아버지에게 화를 내고……. 말하자면 어머니는 가족 누구 하나도 본인 같지 않다는 점에 화를 냈고, 그것을 자신에 대한 배려 부족이라고 화를 냈다. 그런 어머니를 배려하는 방법은 그저 어른답게, 상냥하게 불평을 들어주는 것뿐이라고 다른 가족들은 생각했다. 하지만 어머니의 울적함은 전파되고 폭발했고, 끝없이 반복됐다. 아무런 문제가 아닌 일도 집에서는 커다란 문제가 됐다. 결국 과거는 현재가 될 수 없다, 인간은 자신 외에는 자신 같지 않다고 반복해서 이해하고, 다짐하면서도, 그것이 다시 어머니의 불만과 불평의 도화선이 됐다. 나는 완전히 지쳐버렸다.

그래서 금요일에 하숙집에 도착하면 바로 죽은 듯이 잤다. 다시 일어나는 시간은 다음 날 늦은 오후였다. 평균 20시간, 때로는 24시간을 꼬박 잤다. 일어나면 허기를 느꼈다. 배가 고파 일어나는 것일지도 모른다. 일어나서 오카메(웃는 얼굴을 한 여성의 모습. 복을 가져다주는 행운의 상징으로 여겨 다양한 생활용품에 그려져 있다)의 얼굴이 걸린 근처 소바 가게에 가서 2인분을 먹었다. 이후 영화를 보거나 거리를 돌아다니며 기분전환을 하고 대략 일요일이 돼서야 일주일치의 일을 시작했다.

당시 내 일은 어떤 프로덕션에서 의뢰를 받은 라디오 연속 드라마 시나리오 작업이었다. 일요일을 제외하고 매일 방송하는 15분짜리 6회 분량. 신문에 연재 중인 소설을 각색하는 일이라 일주일에 신문 몇 회분인지 정해두고 하면 되니 별다른 어려움은 없었다. 일요일 밤, 가족 제각각 TV 화면을 주시하고 있는 집으로 돌아와 월요일 아침 프로덕션의 직원에게 원고를 건네고 지난주 6회분의 원고료를 받았다. 이것으로 한 가족의 생활비가 나왔다.

나는 친구를 거의 사귀지 않았다. 모임에도 나가지 않았고 함께 술을 마시지도 않았다. 다른 사람에게는 의리 없는 게으름뱅이로만 보이지 않았을까. 자신을 소중하게 생각하지 않는다. 미래를 생각하지 않는다. 상식이 없다. 왜 과감하게 주변 정리를 하지 못할까. 무기력한 주제에 건방진 바보. 가장 곤란한 점은 그런 말에 항의할 기분이 나지 않는다는 점이다. 그런 평판은 말 그대로라고 생각했다. 비판은 모두 정곡을 찔렀고, 다른 사람은 모두 옳았다. 내 입장에서 보면 일부러 무언가를 하는 그 '무언가'가 없었다. 나는 비록 빠듯하더라도 이렇게 일가족 몇 명의 생계를 책임지고 있다는 점이 말도 안 될 만큼 커다란 사업을 하는 기분이었다. 이 외에 할 수 있는 일은 아무것도 없고 능력도 여유도 없다고 믿었다. 나에게는 좋아하는 여자도 없었고 각별한 취미도 없었다.

내 세계는 잿빛이었고, 건조하고 낡은 고무처럼 아무런 탄력도 없었다. 하지만 원래 나에게 다른 세상은 없다고 믿었기 때문에 고통스럽지 않았다. 그냥 이렇게 돈을 벌 수 있다면 무슨 짓이든 할 수 있다고 생각했다. 내가 할 수 있는 어머니, 누나, 동생, 할아버지를 책임질 방법은 돈을 버는 것뿐이었다. 무엇을 하든, 하지 않든 나는 책임을 회피하고 싶지는 않았다. 가족의 생계를 책임지는 일은 의무 이상이었고 살면서 내가 할 일은 그뿐이었다. 그것만이 내가 나일 수 있는 기회이자 이유였다. 그곳을 떠나는 것은 나 자신을 그만두고 자신을 버리는 것과 마찬가지였다. 나는 그렇게 생각했다.

하숙을 알아봐 준 친구만 종종 전화해서 다른 친구의 소식이나 나에 관한 비판을 알려줬다. 친구의 말은 고마웠지만 나는 그를 포함한 친구 모두가 위인이었다. 용기 있는 사람이거나 혹은 부자였다. 나에게는 그들을 경멸하거나 존경하거나 질투하거나 부러워하는 마음조차 생기지 않았다. 관심이 없었다. 친구의 전화도 머지 않아 뜸해졌다. 나의 무반응에 질린 게 아닐까. 한번은 술에 취한 채 나를 꾸짖었다. 그 전화가 마지막이 돼서 나는 오히려 후련했다. 다시 말하지만 나는 무겁고 불쾌한 혈육과의 연결과 갈등을 그들이 말하는 것처럼 '깨끗'하게 처리하거나 잘라낼 용기도 재주도 지각도 에너지도 경제력도 없었고, 무엇보다도 그런 일을 할 이유도 없었다. 나 자신을 포함해 나는 누구도, 무엇도 사랑하지 않는다고 확신했다.

그래서 다른 사람이 보기에는 아무리 어리석고 무기력하고 별꼴이라도, 나름대로 생활의 밸런스는 맞춰져 있었다. 나는 달리 어찌할 바 몰라도 자포자기하지는 않았다. 자살하고 싶지도 않았다. 나에게는 변함없이 나에 대한 공상, 나에 대한 관심밖에 없었지만, 나는 그것으로 충분히 의지가 됐다. 이른바 어떠한 환희도, 환상도 없는 세계다. 나에 대해서 어느 것도 속이지 않고, 어떻게 살아갈까. 즉, 나는 이런 하루하루 속에서 자신이 견디려고 하지 않아도 견딜 수 있는 것은 내 안에 어딘가 죽은 부분, 무감각해진 부분이 있어서라고 믿었다. 그 부분은 앞으로도 확대될 것이다. 하지만 사람이라고 하는 녀석은 죽지 않는다. 화상이 피부 면적의 60%를 넘지 않는 한 죽지 않는다. 살 수 있다. 정치에도 사랑에도 힘 관계에도, 몽상에조차 무감각할지라도 인간은 살아갈 수 있고, 실제로 살아 있다.

나는 공포에 내기를 걸 만한 일종의 동물실험과 같은 기분으로 나의 관심을 그런 '자신'에게만 쏟았다. 그것은 자신이 피곤해도 피는 흘리지 않는, 하나의 굳건하고 비뚤어진 관념이 되는 것, 하나의 책임 그 자체가 되는 것이라고 생각했다. 또 평범한 사람의 일생이란 그런 것이고 그 점이 사회에 대한 나의 지극히 자연스러운 적응이었다.

나는 태평하게 살았다. 전화해준 친구가 기가 막힐 정도로 태평하고 명랑하고 조용하게 살았다. 지금 생각하면 그 당시 나의 관심은 사실 나라는 하나의 열광의 정체를 아는 것이었구나 하는 생각도 든다. 나는 내심 내가 점점 비인간적이고 비생명적인 존재가 되어가고 있음에 기뻐했는지도 모른다. 생명이야말로 온갖 번잡함과 혼란, 고통과 환영을 가져다주는 흉기라고 생각하고, 그것을 두려워하고 도망치려고만 하고 있었으니까.

* * *

하숙집은 전철역에서 그다지 멀지 않은 주택가 한쪽에 있었는데, 아주 오래전부터 교외였던 지역이라 주변이 농지로 둘러싸여 있던 시대처럼 식료품이나 잡화를 파는 시골 편의점과 같은 낡은 가게였다. 셋방은 가게 2층에 있었다.

가게 옆문으로 들어가 현관에서 쭉 이어진 급경사 계

단을 올라가면 바로 왼쪽에 있는 3량짜리 방이었다. 어둑어둑한 복도의 왼쪽, 즉 내 방 앞의 복도에는 두 개의 방문이 있었고 모퉁이에서 왼쪽으로 돌면 오른쪽에 공동 세면장 겸 취사장, 왼쪽에는 두 개의 방이 더 있었고 복도의 막다른 곳에 화장실이 있었다. 화장실은 재래식으로 검은 구멍이 아래층의 똥 단지와 이어져 있었다. 거기서 볼일을 보면 기분이 좋았다. 마치 비행기가 폭탄을 떨어뜨리듯 얼마 뒤에 도달한 듯한 희미한 소리가 들렸다. 이 행위는 하숙집에서 느끼는 즐거움 중 하나였다. 어느 날 술에 취한 사람이 서서 소변을 본 것인지 벽에 알코올 냄새가 나는 소변이 묻어 있었다. 나는 분노하여 '술을 마셨을 때는 남녀 불문하고 꼭 앉아서 용변을 보도록 합시다'라고 종이에 매직으로 크게 써서 정면 벽에 붙였다. 몇 없는 좋아하는 장소를 오염시키고 싶지 않았다.

모두가 일어날 때쯤 잠들어서, 모두가 잘 때쯤 일어났기 때문에 다른 대부분의 하숙집 사람들과 마주치지 않았다. 집주인의 설명에 따르면 다른 네 곳의 세입자 중 두 곳은 맞벌이하는 젊은 부부가 사용했고, 나머지는 미용실에 근무하는 자매, 집주인의 먼 친척 신학생이 혼자 사용한다고 했다. 나는 그들과 복도에서 마주친 적이 없지만, 모두 조용히 눈을 내리깔거나 가볍게 고개를 숙일 뿐 흔한 인사 이상의 말을 주고받지 않았다고 생각한다. 내가 아는 하숙집은 늘 어두컴컴하고 다른 사람들과의 교제도 없고, 모두 얼굴을 마주 보는 일조차 없었다. 적어도 나는 그 당시조차 길에서 스쳐 지나가더라도 상대를 확인하지 못했다. 하숙집 내부에서 마주치는 사람이니 같은 2층에 거주하고 있구나 하고 생각했을 뿐이다. 물론 나는 이제 다른 사람의 얼굴도 떠오르지 않는다.

단, 예외가 있다. 화장실 바로 왼쪽 방에 살던 맞벌이 부부다. 미국 원주민처럼 우락부락한 붉은 얼굴을 한 키가 작고 육중한 스물 대여섯의 부인과, 명랑하고 원만하고 빈틈없어 보이는 얼굴이 하얀 증권회사 직원인 남편. 어느 날 밤 나는 두 사람의 행위를 무심코 열쇠 구멍으로 들여다보고 말았다.

아직 하숙집에 살기 시작한 지 얼마 안 된 한밤중이었다. 토요일이었던 같다. 늦게 들어와 일을 시작하기 전에 절차를 밟는 기분으로 화장실에 가서 기분 좋게 폭탄을 투하하고 있었다. 그때 눌러 죽인 듯한 여자의 비명과 격렬하게 다다미를 치는 소리가 드문드문 들렸다.

　나도 여자가 내는 쾌락의 신음과 고통이나 고민에 찬 소리가 비슷하다는 것을 모르지는 않았지만, 그때의 외침은 더 절박하게 느껴져 분명 공포의 비명이라고 생각했다. 비명이 두세 번 들렸고, 고통스러운 짧은 비명이 뚝 끊기자 다다미에 쓰러뜨리는 둔탁한 소리가 울려 퍼지고 무거운 물건을 질질 끄는 듯한 소리가 계속 났다. 이제 사람의 목소리는 들리지 않았다.

　호기심은 엉덩이의 시림도 잊게 했다. 조금 무책임한 말이지만, 화장실 옆방에서 살인이 발생한 것 아닌가 하며 가슴이 두근거렸다. 쥐 죽은 듯 고요한 밤에 끊겼다가 이어지는 소리는 여러 사람이 내는 소리가 아니었다. 단 한 사람이 '물건'을 상대로 내는 소리였다. 틀림없이 남편이 아내를 교살하고 뒤처리를 하고 있겠지. 조용히, 그러나 명료하게 이어지는 둔탁한 소리는 나로 하여금 그런 생각이 들게 할 만큼 섬뜩함이 깃들어 있었다. 가슴이 뛰었고 기대감에 얼굴이 붉어졌다.

　화장실에서 나와 살며시 열쇠 구멍에 눈을 갖다 대고 안을 들여다보았다. 마음속 어딘가에서 진홍빛 피바다를 예상했는지도 모른다. 그러나 좁고 흐릿한 시야에 익숙해지자 차츰 드러난 것은 내 쪽으로 고개를 돌린, 마치 고구마 가마니처럼 묶인 여자였다. 한 개의 벌거벗은 남성의 다리가 약삭빠르게 여성의 몸을 굴려 방향을 바꿨다. 비스듬히 놓인 여성 위에서 심각한 얼굴로 내려다보는 홍조를 띤 젊은 남성의 얼굴이 보였다.

깜짝 놀라 열쇠 구멍에서 얼굴을 뗐다가 눈을 의심하는 기분으로 다시 들여다보았다. 밝은 전등이 빛나는 8량짜리 장롱 앞에서 여자는 흰색 가는 끈으로 꽁꽁 묶인 채 발가벗고 약간 활 모양으로 자세를 취하며 다다미에 나뒹굴었다. 붉어진 얼굴을 올려다보고 눈을 가늘게 뜨며 배는 헐떡거렸고 입술은 벌어져 있었다.

그제야 둔감한 나도 그게 둘만의 유희임을 알게 됐다. 에로 잡지에서 그런 사진을 본 적은 있지만, 실제로는 처음이었다. 정성스럽게 포장된 짐처럼 여성의 전신을 묶어 올린 흰 끈은 타인의 자유를 빼앗는 목적을 넘어 재미 반, 말하자면 취미의 응어리를 나타내고 있었다. 느닷없이 남성의 발목이 여성의 얼굴로 향했다. 여성은 무표정하게 입술을 벌리고 눈을 감은 채 익숙한 태도로 남성의 엄지발가락을 입에 물었다.

나는 방으로 돌아왔다. 뭔가 몹시 싫은, 토하고 싶은

기분이었다. 어쩌면 나는 인간이라는 것의 해괴함, 섬뜩함, 음산함을 느꼈는지도 모른다. 하지만 가슴이 울렁거리는 혐오감과 함께 인간의 엄청난 엉뚱함에 갑자기 우스워져서 웃음을 터뜨렸다. 쓴웃음을 지으며 미쳤구나, 미친 부부야 하고 중얼거렸고, 비로소 내 남근이 딱딱해진 것을 깨닫고 휴지를 이용해 자위했다.

이튿날 오후 나는 집주인에게 집세를 내러 갔다가 남편에 대해 불만을 토로하고 있는 여성을 만났다.

"아이고, 나보고 구두쇠 구두쇠 할 거면서. 내가 립스틱 하나 사보세요. 아이고, 아까워라 하는 표정을 짓거든요. 그러면서 자기 용돈은 펑펑 써버리고. 돈을 못 모으는 것은 네가 잘못해서다. 구두쇠 주제에 돈 쓰는 법이 서툴러서 그런 거야. 자기야말로 제대로 하면 좋을 텐데. 뭐니 뭐니 해도 남자하고 여자가 쓰는 돈은 자릿수가 다른데 말이지요."

나는 어딘지 모르게 변태적인 부부는 매우 사이가 좋거나, 냉랭하게 서로 증오하고 있거나, 어쨌든 특별한 애정으로 연결되어 있다고 생각했다. 하지만 그때 본 여성은 어디에나 있는 평범한, 남편에 대한 감정 면에서도 극히 평균적인, 말하자면 평범하고 건전한 사람일 뿐이었다. 지금의 그녀 모습에서 어젯밤의 모습이 하나도 보이지 않는 것도 내게 아직 푸른빛이 도는 여러 가지 환영이 자리 잡고 있다는 증거였다. 하지만 지금 그것이 또 하나 벗겨졌다고 생각했다.

뒷마당 양지 쪽에 집주인의 정성 어린 노랑과 보라색 팬지가 피어나던 기억이 난다. 하얗게 매화 꽃잎이 떨어지고 있었다. 3월이 될까 말까 한 계절이었던 것 같다.

나는 이후 그들 부부에게 호기심이나 흥미를 갖지 않았다. 나에게는 남들에 대한 관심을 부풀리고 키울 능력이 없었다. 반의식적으로 내가 남에게로 가는 관심을 버리려고 노력했던 계절이었던 탓인지도 모르겠다. 어쨌거나 어느 때보다도 나는 그들을 잊어버리려고 훔쳐보았던 기괴한 자극도 완전히 잊어갔다.

지금 내가 그들 부부의 얼굴을 기억하고 있는 것은 바로 얼마 전 시부야의 극장에서 나오는 두 사람을 만났기 때문이다. 부부 역시 한동안 내가 생각나지 않았던지 그저 지나가는 사람쯤으로 보았다. 나는 겨우 알아차렸지만, 부부의 성도 기억해내지 못한 채 버스 정류장을 지나는 두 사람을 바라보았다.

딱히 손을 잡지도 않고, 그렇다고 떨어져 있지도 않

고, 두 사람은 하나의 커플로 걷고 있었다. 그다지 재미
있을 것 같지도 않고, 재미없을 것 같지도 않은, 그런 시
무룩한 무표정이 두 사람 모두에게서 보였다. 그때 나
는 문득 두 사람의 지루함이 가슴 저리게 파고드는 것
같았다. 사람에게 있어서 생활이란, 각각의 지루함을
끝없이 채워가는 행위일 뿐이다.

하지만 아마 이것 역시 아직도 내가 제멋대로인 몇
개의 '환영'을 소중하게 안고 있다는 증거가 아닐까. 아
무튼 그 감상의 옳고 그름은 문제가 아니다. 그런 건 모
른다. 그들 부부 일은 그들만의 일이다. 나 따위가 알
바 아니다.

＊ ＊ ＊

결국 나는 토요일 저녁에만 놀러 다닐 수 있었다. 인
기 소녀 가수의 노래를 들으러 가거나 서양 음악을 들
으러 가거나 그 무렵은 아직 인기 없었던 모던 재즈 찻
집에서 밤을 지새웠다. 항상 혼자였다. 종업원이 웃으
며 말을 걸거나 어느새 알게 된 다른 단골이 말을 건네

면 다른 가게를 찾았다. 나에게는 사람이 훨씬 시끄러웠다. 그리고 나는 엄청난 음량의 음악과 노랫소리의 절규 속에서 주먹을 꽉 쥐고 눈을 감고 무릎으로 홀로 리듬을 타는 나 자신을 가끔 미쳤다고 생각했다.

미쳤구나, 너는. 완전한 미치광이야. 하지만 나는 그런 생각을 할 때마다 너무 상쾌하고 기뻤다. 이상한 말이지만 내가 겨우 주변의 '정상'적인 사람들과 같은 땅에 서 있는 듯한 기분이 들었다. 언제 작렬할지 모른다. 피투성이 흉악한 손에 닥치는 대로 파괴당하고 살육하고 싶은 욕망, 이런 위험을 내포한 다이너마이트처럼 나는 그들 속에 있었고, 심지어 그들과 떨어져 있었다. 과장해서 말하자면 그 쾌감은 칼을 들고 죽이고자 하는 상대를 찾으면서 많은 사람들 속에서 헤매고 있는 소속 없는 깡패에 대한, 주변 사람의 애정과 공포가 교차하는 전율 같은 것이었는지도 모른다. 아마 나는 그 전율을 좋아하는 것이겠지. 들떠서 자신의 '광기'를 더욱 느끼기 위해 나는 우쭐하며 소리를 크게 질렀다. 소리를 너무 질러 청년들에게 얻어맞은 밤도 있었다.

이것은 도심에서 몇 번째인지 모를 잼 세션(제1회째였는지도 모른다)의 일로, 그다지 넓지 않은 홀에는 처음부터 광기가 서려 있었다. 심야 그 홀 앞에, 빛이 넘쳐흐르는 아스팔트 길가에는 색색깔 셔츠에 통이 좁은 바지를 입은 청년들의 상기된 목소리가 소용돌이를 이루었고, 키가 큰 흑인들은 오히려 얌전하고 검푸른 기둥처럼 건물 그늘에 서서 일본 청년들이 떠드는 모습을 눈만 굴려가며 바라보고 있었다.

예정은 분명 자정부터 5시까지였다. 홀 복도에는 하이볼, 맥주, 닭 꼬치, 주먹밥, 샌드위치 등등이 적힌 종이가 붙어 있었고 메뉴와 교환할 수 있는 표는 불티나게 팔리고 있었다. 나도 하이볼 표를 4, 5장 사서 바로 한 장을 사용했다. 연주가 시작되자 반대로 복도에서 대화를 나누는 사람들이 많아졌다. 주로 재즈맨들의 이야기일 것이다. 홀은 빽빽이 청년들로 메워졌다.

2시간 정도 지났을 무렵일까. 나는 차츰 재미없어졌고, 화가 난 나 자신을 발견했다. 내 식대로 말하자면 일본의 재즈맨들이 하나도 미치지 않아 재미없었다. 흑인들의 광기를 외형만 교묘하게 모방했다. 나는 단지 혀의 미묘한 기술이나 어택의 세기, 폐활량의 대단함을 경험하러 온 게 아니다. 함께 발광하기 위해 왔다. 뭐, 재즈라고 해도 흑인의 신음과 광기를 원한 것은 아니다. 일본인의 광기가 있으면 됐다. 하지만 무대에 있는 그들은 모두 붙임성 좋고, 정상적이고, 바보같이 평범한 그저 기술에 대한 숭배자일 뿐이며, 본인들이 어떻게 생각하든 나에게는 기껏해야 열광의 모방에 열광한 연기자처럼 보였다.

하지만 다시 생각해보니 그들은 어떻게 되든 내가 미치면 그걸로 됐다고 생각했다. 그래서 무대 연주와 상관없이 눈을 감고 소리를 지르기 시작했다. 마지막 하이볼 표를 바꾸러 복도에 갔을 때다. 청년 몇 명이 나를 둘러싸고 뭔지 모를 불평을 하더니 갑자기 한 사람이 주먹으로 얼굴을 쳤다. 깜짝 놀라서 당황한 채 움직일 수 없었다. 갑자기 그런 멍청한 나 자신이 몹시 우스워져서 웃기 시작했다. 청년들은 맥이 빠진 것처럼 웃는 내 얼굴을 바라보았고, '미친놈 아냐, 이 녀석' 하는 낮은 목소리가 들렸다. 밤중인데도 선글라스를 끼고 빨간 줄무늬 깃에 조개 단추가 있는 셔츠를 입은 젊은 남성이었다. 나는 그 말이 마음에 들어 갑자기 진지한 얼굴로 고개를 끄덕여 보였다. 그들은 기분 나쁜 듯 나에게 길을 열어주었다.

이미 연주에는 관심이 없었기 때문에 다시 듣고 싶지

도 않아서 택시를 타고 하숙집으로 돌아왔다. 어쨌든 내게는 그런 무지막지한 소리를 지르고 싶은 충동이 있다. 그것에 따랐을 뿐이라, 상대방은 문제가 아니다. 긴자를 알몸으로 걸어보고 싶다는 욕망만으로는 미친놈이 아니지만 실제로 알몸으로 걷는 놈은 미친놈이다. 그렇게 생각하면 욕망을 실현한 나에게 당황한 청년들의 '미친놈 아냐'라고 하는 반응이 아주 정당하다는 생각이 들어 몹시 행복한 기분으로 깔깔거리며 혼자서 계속 웃었다. 무엇이 우스울까. 분명 노이로제다. 그렇다. 타인은 분명 이런 나를 노이로제라고 할 것이다. 이렇게 생각하자 가슴속에서 한층 더 웃음이 터져 나왔고 그치지 않았다. 이상한 밤이었다. 지금의 나라면 히스테리 증상쯤으로 여길 것이다. '생물학적 목적성이 있는 하나의 조절'이지만 '목적이 없는 운동의 과잉생산'이었을 뿐이다. 이것은 검정풍뎅이라는 곤충의 히스테리에 대한 설명이었던 걸로 기억하는데, 그때의 나와 딱 맞았다.

예전 여자 친구 중 한 명이 가끔 하숙집에 들르기 시작한 것은 4월 무렵이었다. 하숙집으로 가는 전철을 타고 가다가 우연히 만나 어디로 가느냐고 물어 대답한 것뿐인데, 하숙집으로 찾아왔다. 그때 진청색 물방울

무늬 흰색 원피스에 연한 하늘색 카디건을 입고 있었다. 여자는 반듯하게 무릎을 모으고 앉은 자세를 끝까지 흐트러지지 않았다. 젊었을 때와 달리 허벅지의 둥그런 모양이 사라진 탓인지 정좌한 여성의 무릎에서 몸통으로 이어지는 경사가 평평하고 얇아져 예전부터 몸집이 작았던 그녀를 나름대로 상당히 어른스럽고 안정된 느낌으로 만들었다.

여자는 나와 과거에 몇 번인가 관계를 가졌고, 어째서 그 관계를 그만두었는지는 잊어버렸을 정도로 오래된 친구였다. 성우 출신으로 그 후 내 대학 시절 친구의 아내가 된 것은 잘 알고 있었다. 친구의 성으로 바뀌 아무래도 어색하다고 했더니 여자는 딱딱한 미소를 지으며 이름을 부르면 되잖아, 하고 대답했다.

여자는 시종일관 눈을 내리뜨고 내 가슴 언저리를 쳐다보았다. 가끔 눈을 들면 아주 또렷하고 하얀 이를 드러내며 의무적인 미소를 지었다. 살짝 뺨에 홍조를 띠고 있었을까. 나는 그래도 그녀가 가지고 온 케이크를 먹으며 나에게 있어서 이 여자는 오래된 달력과 같은 의미라고 생각했다. 아, 그런 일도 있었지. 그랬지. 맞아, 근데 오래됐네. 상대방도 아마 그렇게 생각했을 것

이다. 단지 나는 낡은 달력에 있는 감상적인 가치 따위
는 생각지도 못했지만, 여자는 중요시했을지도 모른다.
어쨌든 그 키가 작고 입이 큰 여자가 두 번째 찾아왔을
때, 우리는 관계를 맺었다.

하늘이 어둑어둑했던 토요일 오후, 아직 잠이 들지는
않았다. 그녀는 이불이 깔린 방에 들어와서 이불 위에
앉았다(이불의 머리 쪽, 언제나 닫힌 유리창 밑에는 일감이
있어 달리 앉을 곳도 없었다). 지난주와 같은 가게의 과자
상자를 내밀고 내가 세수를 하고 돌아왔을 때, 같은 장
소에서 같은 자세로 어깨는 딱딱하게 굳은 채 있었다.
순간 반사적으로 나는 시선을 돌렸다. 나는 알았다.

친구의 아내라는 생각이 든 탓은 아니다. 단지 순수
하게, 단순히라고 해야 할지도 모른다. 인간과의 교류
를 늘리기 싫었고, 귀찮았기 때문에 가능하면 도망치려
고 생각했다. 근처의 작은 연못이 있는 공원에 산책하
러 가자고 했다. 그러자 여자는 먼저 케이크를 먹는 게
어때? 배고프지? 하고 말했다. 나는 케이크를 손으로 집
어먹었다. 손가락에 크림이 남아 닦으려고 행주에 손을
뻗자, 여자는 갑자기 내 손을 빼앗듯이 잡고 손가락을
빨았다. 순식간에 얼굴이 불처럼 새빨개졌다. 흉포할

정도로 상기된 눈으로 내 눈을 올려다보았다.

나는 그녀에게 이런 결과에 대한 책임을 전가하고 싶지는 않았다. 내 안의 사실을 말하고 있는 것이다. 그러고 나서는 어쩔 수 없었다. 말없이 포개져 살을 꼭꼭 가리고 있던 팬티 안에서 이미 뜨거운 진물을 퍼뜨린 여성의 부위를 만지고 손가락으로 그 갈라진 곳 윗부분의 작은 돌기를 만지작거리자 여자가 마치 처녀처럼 신음하며 몸을 크게 젖혔다. 헐떡이며 내 가슴에 얼굴을 묻었고 내 손이 지퍼를 내리자 거칠게 몸을 굽히고 무릎을 굽혀 치마를 방구석으로 걷어찼다. 문을 잠가달라고 눈을 감은 채 낮은 목소리로 말했다. 나는 편안하게 여자 속으로 들어갔다. 옛날에는 울고 고통을 호소하며 두 번째로 간 호텔에서 겨우 피를 흘리며 억지로 들어갈 수 있었던 장소에. 도달할 때 여자는 옛날과 같은 짐승의 소리를 냈다.

그제야 나는 비로소 여자의 옷에서 희미하게 나는 비냄새를 느꼈다. 창문을 열자 자욱한 안개 같은 비가 소리 없이 기와를 빛내고 있었다. 1시간 후 여자는 혼자서 돌아갔다. 하얀 비닐우산이 흔들림 없이 전철역으로 멀어지는 모습을 창문으로 바라보았다.

그전 거의 3년 가까이 나는 여자와 관계를 가지지 않고 지냈다. 할 마음이 없었다. 정사는 말하자면 각자의 독선적인 환영이 충돌하고 격정의 마음이 겹치기 때문에 행위 그 자체는 나에게 그다지 즐겁지 않았다. 나는 거기에만 인간의 진실이 있다고는 털끝만큼도 생각하지 않았고, 생명의 실감은커녕 거의 언제나 그곳에서 하나의 '죽음'을 경험했다. 게다가 그 '죽음'은 에로틱하지도 않았고, 말하자면 '물건'과 같은 의미였다. 얼빠진 결핍의 슬픔을 닮은 오히려 우스울 정도로 감상적인 것. 혹은 단순히 힘이 빠지는 것. 그 무렵 나는 흥분 일체가 귀찮아서 그런 복잡한 짓을 하면서까지 여자와의 관계를 맺을 마음이 없었다. 나 자신이 가렵지 않는 부분에까지 손이 닿지 않았다. 행위 자체가 물질적으로 싫지 않더라도 전후 절차의 예상이 늘 나를 그런 짓까지 하지 않아도 된다는 생각을 들게 했다. 그것이 나를 그 기회로부터 멀어지게 했다. 나는 그대로 멀어져 보내버렸다.

그것에 대해 후회하지 않은 것처럼 살아온 것에도 후

회는 없었다. 어쩔 수 없었다. 단지 그뿐이다. 그 일에 색을 입히거나 의미를 부여하는 일은 내 관심 밖의 일이었다. 오랜만의 행위는 여자와 나 사이의 검은 벽 같은 세월을 느끼게 했지만, 역시 별로 즐겁지도 않고 필요한 것이라고 느껴지지도 않았다. 여자의 연기(라고 생각했다)와 같은 외침도 어처구니없었다. 만 7년 가까운 간격은 아무리 커다랬던 젖가슴도 전체적으로 납작하게 만들었고, 옛날의 긴장된 피부의 탄력도 쇠약하게 만들었다. 피부는 옛날의 둥글고 강한 탄력 대신에 잘 터득한 여성만의 부드러움을 느끼게 했다. 하지만 그것에 환멸을 느끼거나 반대로 여자의 성숙함에 새로운 매력을 느끼지도 않았다. 그렇다고 옛날과 다른 여자를 품은 것도 아니었다. 7년 전에는 탄력 있는 피부였는데, 두꺼워진 그 허리뼈의 감촉에 아, 몇 년이나 지났구나 하고 막연히 느꼈을 뿐이다. 그 무렵 여자는 20인가, 21인가였다.

다음다음 주에 여자는 다시 왔다. 역시 토요일이었다. 우리는 다른 게 없다는 기분이 들었고 다시 관계를 맺었다. 여자는 다시 소리를 질렀다. 그 후 여자는 홍차를 우려 간단한 식사를 만들어주고 돌아갔다. 다음 토요일에도 여자는 왔다.

하지만 내 생활에는 변화가 없었다. 규칙적으로 같은 레일 위만 선회하고, 여자의 방문은 그 규칙적인 운행을 어지럽히지 않았다. 다만 나는 여자와의 이야기 속에서 대학생인 내가 여자보다 나의 고독을 더 사랑하고 그것에 열중했다는 것을 알게 됐다. 그러나 지금은 아무 일도 없었다. 옛날의 나는 '고독'이 존재한다고 믿었다. 고독은 이미 완전히 벗어 던진 하나의 환영에 지나지 않는다. 지금의 나에게는 나 자신과 나를 아무래도 '고독'하게 해주지 않는 타인만 존재할 뿐이라고 생각했다. 나는 그 위에서의 내 처리에만 관심이 있었다.

여자는 나의 내면까지는 들어오려 하지 않았다. 아무래도 나를 혼자 있게 해주지 않는 타인은 가족 이외에는 없는지도 모른다. 나머지는 모두 나의 외부에서 움직이며 접촉하는 타인들이고 나는 그들에게 본질적으로는 아무런 책임을 지지 않았다. 내부에 있기 때문에 타인의 존재가 무겁고, 나의 책임도 되기 때문에, 나는 외부에 있는 타인은 책임을 질 수 없다고 생각했다. 내게 여자는 어디까지나 그런 타인 중 한 사람에 불과했다.

여자는 토요일마다 찾아왔다. 행위는 습관이 됐고 그

후 함께 시부야에 나가 식사도 했다. 영화도 봤다. 헤어지고 나서 내가 재즈를 들으러 가기도 하고, 잼 세션에 간 것도 그때가 초여름이었기 때문에 딱 그 무렵이 아닐까 생각한다. 여자와 헤어지는 시간은 점점 늦어졌다.

어느 밤, '이제 그만 가'라고 하자 여자는 울기 시작했다. 나는 입을 다물고 계산대로 걸어갔고 레스토랑에서의 밥값을 지불했다. 잔돈이 없어 시간을 조금 끌었다. 가게를 나오자 여자의 모습은 이미 어디에도 없었다. 끝일인지도 모른다고 생각하며 예정대로 신주쿠의 모던 카페로 향했다.

하숙집으로 돌아왔을 때는 오전 2시가 넘은 시각이었다. 어두운 방에 들어가 전등을 켜니 그날 그대로 깔아두고 나왔을 이불이 없었다. 찻잔도 씻어진 채 엎어져 있었고 끓는 전기 주전자에는 물이 가득 담겨 있었다. 코드도 잘 묶여 있고, 작업실도 말끔히 닦여 있고, 옷장을 열자 이부자리가 가지런히 개어져 있었다. 여자가 돌아오는 길에 방에 들러 밤이 이슥한데도 집주인에게 열쇠를 빌려 청소를 하고 갔음이 틀림없었다.

어쩐지 무척이나 화가 났다. "쓸데없는 짓 하지 마"라고 소리쳤다. 내 생활에 손대지 말아줘, 간섭은 싫어.

난 용서 못 해. 미친 듯한 어두운 극단적인 분노의 섬광에 사로잡혀 나는 생각나는 대로 욕설을 내뱉고 충동적으로 찻잔을 집어 들어 다다미에 내던졌다. 싸구려라서인지 찻잔은 깨지지 않았다.

하지만 다음 주 나는 그 분노를 까맣게 잊었다. 무감동에 나는 여자를 안고, 내 남성이 제멋대로 움직여 역할을 완수하는 것을 느끼고 있었다. 내 손이 여자의 등뼈를 천천히 어루만지고 있던 것은 그녀가 등뼈에 가장 민감하게 반응하기 때문이다. 단지 평소 버릇에 불과했다. 하지만 일이 끝나도 여자는 괴로운 듯 내게 달라붙은 채 밑에서 '다행이에요. 화내지 않았구나. 착하다'라고 툭 말하며 자못 기쁜 듯이 코에 주름을 만들었다. 송곳니를 드러내며 웃었다.

나는 실소했다. 이 여자는 나의 무감동을 상냥함으로 오해하고 있다. 나는 갑자기 지난주의 기억이 되살아나 어쩌면 그때 나는 이 여자를 사랑하려 했는지도 모른다고 생각했다. 하지만 지금은 명료하게, 확실히, 여자를 사랑하고 있지 않다. 그 어두운 분노 때 급속도로 다가온 무언가는 다시 멀리 도망쳐 어딘가로 사라져 버렸고 나는 몹시 텅 빈 마음이었다.

아마 그 판단은 확실했을 것이다. 한 달에 한 번쯤 여자가 나타나지 않는 주도 있었지만, 나는 개의치 않았다. 여자는 오면 오는 대로, 안 오면 안 오는 대로 좋았다. 내게는 그녀가 도저히 그 이상의 존재가 될 수 없었고, 또 그 이상의 존재로 생각해볼 마음도 들지 않았다.

그리고 나는 매주 정확하게 금요일부터 일요일까지 하숙집에서 일을 마치고 월요일 아침 반드시 여섯 편의 원고를 담당자에게 전달했다. 한 번도 늦지 않았다.

대중의 평판은 몰랐지만, 프로덕션에서는 호평을 해줬다. 무엇보다 내가 약속을 지키고 입이 무겁다는 것에 좋은 평가를 받았다. 아직 연재가 끝나지 않았는데도 계속 다른 작품을 각색해달라고 부탁하러 왔다. 나는 그때까지는 약속할 수 없다고 대답했다. 좀 더 유리한 조건의 다른 이야기도 있었기 때문이다. 하지만 어쨌든 일단 생활은 안정을 유지하고 있었다. 이상하게도 용돈이 부족하면 30분이나 1시간짜리 일이나 각색이 들어왔는데, 그 원고도 반드시 하숙집에서 끝내기로 했다. 때때로 뭔가에 목마른 듯한 치열함으로 노트에 깨알 같은 글씨를 채웠다. 누구에게 보이기 위해서가 아니라 일종의 생리적 욕구였다. 그래서 이것도 '노이로

제'의 한 표현이라고 생각했다. 이런 행위는 집에서도
했다.

* * *

여자만 있는 가족은 뼈 없는 생고기 덩어리 같다고
생각한다. 아무 데나 던지면, 비록 그것이 벽일지라도,
딱 거기에 붙어 거기서 나름의 생활을 아무 일 없이 영
위하기 시작한다.

가족의 생활을 책임져야 하기에 일단 하고는 있지만,
나에게는 자식 한 사람으로서의 발언권밖에 없었다. 집
안의 '주인'은 아버지가 돌아가신 지 십수 년 동안 마음
든든하게 혼자서 일가를 지탱해온 어머니 외에는 없었
다. 그 어머니가 분명히 회복의 기미를 보이기 시작했
는데도 아직 마음대로 움직이지 못한다고 하여 내 제안
은 결국 묵살됐다. 나는 당연히 동생을 빨리 시집보내
고 싶었다. 동생이 결혼할 마음이 없다면 누나가 그만
한 수입을 올릴 방법을 터득하게 해서(담배 가게라도 좋
다), 가족 내 걱정거리를 하나하나 정리하자, 그렇게 적

극적으로 다 함께 노력하자고 말한 것이었는데, 아무래도 어머니는 엉뚱하게 해석한 것 같다. 내 말은 모두 잡담이나, 발작적으로 시작되는 어머니의 잔소리, 혹은 옛날이야기로 흘러가 버렸다. 어느새 가족들은 어제와 같은 오늘을 살았다. 내일도 오늘처럼 지낼 것이다. 내 노력은 거대한 면 더미를 목검으로 내려치는 만큼의 효과도 없었다. 오히려 정신을 차려보니 내 손에서는 목검이 사라졌고, 흩어지고 쏟아지는 면 부스러기 속에서 나는 하마터면 질식할 뻔했다.

여성은 남성이 무슨 생각을 하는지, 무엇에 의지하고 있는지 모른다고 생각했다. 남성이 여성을 이해하지 못하는 것처럼. 여성은 그들이 현실이라고 믿는 하나의 고정되고 안정된, 변하지 않는(다고 믿고 있는) 평면에 묵직하게 앉아 있었다. 남성은 언제나 눈에 보이지 않는 공간에 감도는 망상과 같은 비현실적인 것밖에 생각하지 않고, 그런 것에 의지해 살고 있다는 점을 이해하지 못했다. 그래서 그들은 '현실적'으로는 언제나 옳고 강하며 그들의 삶은 끝없이 일상적이다. 또 일상이기 때문에 끝없는 연속극일 뿐이다. 다른 모든 드라마는 이 부분에서 신용을 얻을 수 없다. 농담으로 웃어넘

기든가, 기껏해야 흥, 그런 것 같군 하는 반응으로 기억
될 뿐이다.

나는 특별히 그것에 불만이 있지는 않다. 그것은 그
것대로 옳다. 아니, 옳든 그르든 상관없다. 적어도 나보
다는 가족들이 더 확실하게 살았다. 가족을 혐오하지는
않았다. 그녀들도 단지 남자인 나를 충분히 배려하고
있었다. 하지만 근본적으로 그들의 짐작은 틀렸고 오
히려 나를 교란하고, 초조하게 했다. 불편한 부담이 되
어 나를 피곤하게 하는 경우가 많았을 뿐이다. 나는 여
전히 피곤해서 일주일에 한 번꼴로 가는 하숙집을 그만
갈 의사가 없었다. 여자의 방문이든 정사가 있든 그것
은 나 자신의 건강에 필요했다.

하지만 지금 생각하면 무의식중에 여자만 있는 가족
환경, 여성적인 현실 처리 방법에 크게 영향을 받고 있
었는지도 모른다. 나는 언제나 상상하는 일, 실제로 손
쓸 수 없는 일을 끙끙대며 생각해봤자 소용없다고 생각
해왔다. 언제나 내가 떠맡아 마주하게 된 일처리에만
(처리가 불가능함을 아는 것까지 포함해), 믿을 수 있는 자
신도 그 상대도 존재한다고 생각했다.

＊＊＊

여름이 와도 나와 여자의 관계는 계속됐다. 나는 교제하며 여자가 졸라대는 대로 꽤 이상한 체위도, 열렬한 애무도, 사랑한다는 속삭임도 아끼지 않았다. 확실히 눈앞의 상대가 신경 쓰였다. 그러니까 애무에도 시간을 들이고 계산도 끈질겼기 때문에 여자는 으레 흥분해 콧구멍을 벌리고 산소를 들이마셨다. 때로는 눈을 하얗게 뜨고 창백해지기도 하며 혀를 쑥 내민 채 움직이지 않기도 했다. 나는 차가운 눈으로 그 모습을 바라보았다.

여자는 특히 등을 애무해주는 것과 오른쪽 젖꼭지 아래에 있는 작은 건포도 같은 검은 점을 강하게 깨물어주는 것을 좋아했다. 여자는 미친 듯이 신음하고 신음했다. 그럴 때 나는 여자와의 과거를 아무리 생각하려해도 떠올리지 못함에 언제나 새삼스럽게 경악했다. 바지가 어울리는 그녀. 대학생인 나. 여자가 계속 따라오는데, 말없이 몇 개의 호텔 앞을 지나쳐간 나. 그런 풍경이 겨우 생각나면서도 당시 그녀에 대한 사랑, 슬픔, 분노, 아픔, 격정과 같은 심정적인 사실들은 모두 깨끗이 사라졌고, 다시는 현실에서 그것을 볼 수 없었다. 모든 것은 봉인된 상자와 같이 등 뒤 저 멀리 닫혀 그곳에서 끝이 났다. 아무리 되돌아보고 되살리려고 노력해도 그 무렵 여자에 대한 마음은 무엇 하나 현재와 연결되지 않았다. 자신에게 '부활'하는 것이 없었다. 몇 번이고 나는 그것을 확인했다.

여자는 이상할 정도로 남편에 대해, 남편과의 생활에 대해 말하지 않았다. 그런 점에서 나도 고집이 있었는지 모르지만 여자도 충분할 정도로 고집이 셌다. 봄에 만났을 때보다 여자는 살찌고 피부에는 자못 남자한테 길들여진 싱싱한 생기와 윤기가 생겼다. 촉촉한 피부도 아마 계절 때문만은 아니었을 것이다. 그런 점에서 나는 여자의 남편인 친구가 어쩌면 불능이거나 그에 가까운 상태라고 생각했다. 그리고 내가 알아볼 수 있을 정도니까 모르지 않을 리 없다고 생각하기도 했다. 하지만 그들 부부에게 무슨 일이 일어난다 해도 내가 관여할 일은 아니다. 부부 사이에 발생한 일이 나의 문제가 됐을 때, 내 입장에서 처음으로 '일'이 일어날 것이다. 그때까지는 생각하는 것조차 시간과 에너지 낭비일 뿐이다. 요점은 그때 '방침'만 가지고 있으면 되는 것이다.

나는 만약 친구가 찾아오면 여자와 결혼하겠다고 대답할 생각이었다. 그런 이유로 헤어지면 일은 해결된다. 어차피 나에게는 타인에 대한 사랑 따위는 없다. 여자가 알고 불만스러워하며 떠들어대면 헤어진다. 아마 그것으로 해결될 것이다. 나는 연을 맺은 것도 아니고 반대로 몸을 사린 것도 결코 아니다. 물론 결혼은 여자나 그녀의 남편에 대한 예의상의 행위가 아니라 내 처신에 대한 기술적인 행위다. 나에게는 누구와도 부부가 될 자격은 없으니까.

아마도 이것밖에는 처리할 방법이 없다고 예감했는지도 모른다. 그것이 타인, 예를 들면 여자나 그 남편에게 어떤 불행을 초래하든, 유감스럽지만 내가 알 바 아니다. 어차피 난 어쩔 수 없다. 약한 자는 죽는다. 그것이 생명을 가진 모든 것의 법칙이다. 나 역시 용자도 강자도 아닌 자신에 대해 생각할 때 '나는 이래도 벅차다'는 뒤통수를 치는 외침과 '그래도 너무 징그러운 남자라'는 욕설. 이 두 가지 목소리만 들린다. 하지만 나는 불행하지 않다. 비겁하거나 불행하지는 않다. 남의 일은 남에게 맡긴다. 그것이 '방침'이다. 나는 그렇게 생각했다.

어느 날 저녁, 우리는 작은 호리병 모양의 연못이 있는 공원을 어슬렁어슬렁 거닐었다. 달려온 어린이가 미국 가재를 낚으며 놀고 있었다. 몸을 굽혀 내가 보자 여자가 불쑥 말했다.

"나는 돼지야."

순간적으로 나는 대답할 수 없었다. 무슨 뜻인지 몰랐다. 여자는 소나무 줄기에 손을 얹다가 내가 돌아보니 뺨이 붉어졌다. 눈을 번뜩이며 노려보듯이 나를 쳐다보았다. '나는 돼지야.' 나는 이해하고 웃기 시작했다. 왜, 하고 되묻는 것도 무의미했다. 분명히 콧방귀를 뀌며 내게 매달리는 벌거벗은 여자를 나는 마치 돼지를 품듯이 안고 있었다.

"당신은 고드름."

여자가 말했다.

"고드름? 뭐야, 딱 질색이야."

나는 고드름을 생각했다.

"아니, 하늘의 구름 말이에요."

여자가 말했다.

"언제나 건성건성, 이따금 번개가 번쩍이는 것처럼 격렬해지곤 하다가 다시 어디론가 사라져버리잖아요."

"아, 뇌운? 좀 괜찮네."

그야말로 건성으로 아무렇지 않게 대답했는데, 다음 부터 여자는 나에게 '구름, 구름아'라든가 '구름, 좋아'라고 말하고 나는 여자를 '뚱'이라고 불렀다. 부르면 여자는 더욱 미쳐 날뛰며 웃었고, 스스로 돼지 흉내를 내곤 했다.

우리는 점점 말이 많아져서 무책임한(적어도 나에게는) 사랑의 말이나 응석받이로 하는 대화를 주고받게 되었다. 내겐 내 말이 모두 '함성' 같았다. 물론 나에 대한 거다. 주고받는 말이 부질없는 가짜 캐치볼 같은 놀이에 불과하다는 건 알고 있었다. 나는 내 공을 던지고 여자는 여자의 공을 던진다. 각자 다른 공이 돌아오고 우리는 언제나 자기 공만 던지고 상대방 공은 살갗을 미끄러져 내려가면서 한 개의 공을 서로 던지는 캐치볼을 즐기는 척했다. 아마 그녀도 알고 있었을 것이다.

＊ ＊ ＊

나는 10대 중반부터 돌아가신 아버지를 대신해 가족

이나 친척들을 상담할 때마다 고개를 끄덕였던 덕분인지 기특한 얼굴, 성실한, 열정적인 표정을 잘 만들었는데, 사실 가장 생소할 때 짓는 표정이 그러했다. 말은 믿지 않기 때문에 어떤 말이든 할 수 있었다. 혈연관계가 없는 상대에게는 도망치는 방법도 알고 있다고 확신했다. 그래서 나는 그녀 앞에서는 몹시 자유로웠다. 그리고 여자는 나의 그 사이비함을 좋아했다.

"처음 만났을 때 당신은 아직 대학 4학년이었잖아요? 그때부터 딱 10년이네요. 다 컸어요. 그 시절은 언제나 무척 성실하고 신경질적이고, 무서운 것 같았지만……."

여자는 말했다.

"진짜로 실패하고 혀를 내미는 당신 모습은 상상도 못 했어요."

정정은 하지 않았다. 하지만 나는 결국 옛날부터 사이비였고 그 점에서는 옛날부터 '어른'이었다. 단지 그 무렵은 젊은 만큼 약간 느끼기 쉽고 뻔뻔한 부분을 더 잘 숨기고 있었을 뿐이다. 하지만 여자는 종종 그 말을 반복했다. 여자는 나의 그런 변화에 대해서도 감상적인 가치를 발견했는지도 모른다.

8월 어느 토요일. 나는 부탁받은 30분짜리 대본 리딩에 급하게 가야 해서 여자와 얼굴을 마주치지 않고 일찍 하숙집을 나왔다. 디렉터가 미녀 스타 따위를 고용한 덕분이었다. 여배우가 너무 서툴러서 대기 중에 대본을 고치기도 했더니 하숙집에 돌아온 시각은 새벽 3시였다. 그곳에 여자가 있었다.

"괜찮아?"

나는 취사장에서 식사를 다시 데우고 방으로 돌아오는 여자에게 말을 걸었다. 그녀는 웃으며 몹시 차분한 목소리로 대답했다.

"어서 먹어요. 식어."

고기가 들어간 스파게티였다. 내가 음식을 먹는 동안 여자는 속옷 차림으로 내 이부자리에 누웠다. 수건을 가슴에 걸치고 가만히 천장을 보고 있었다.

나는 이미 일이 슬슬 터질 것을 각오하고 있었고 방침이 정해져 있었기 때문에 아무 말도 하지 않았다. 여자도 말이 없었다. 너무 피곤해서 나는 여자의 요구를 받아주지 않고 곧 잠이 들었다.

다음 날 처음으로 아침에 그녀를 봤다. 먼저 섬뜩한 느낌에 사로잡혔다. 못생긴 건 아니다. 오히려 밝은 아침 햇살 속에서 속눈썹을 내리깔고 무심히 자고 있는 작은 얼굴은 의외로 젊어 보였고, 피부가 희고 부드러워 사랑스럽게 보였다. 하지만 말하자면 그건 내가 아는 여자가 아니었다. 토요일 오후에 와서 밤에 돌아가는, 그 정기적인 방문객으로서의 여자가 아니었다.

단지 하룻밤 묵었을 뿐인데도 여자의 관계가 이미 사무적으로만 접촉하는 단계를 넘어서 끈적끈적한 하나의 일상, 알 수 없는 투명한 점액 속에 있음을 직감했다. 한 인간, 한 타인이라기보다 나는 거기서 이상한 생물 하나를 보았다. 그것은 마치 SF에 자주 나오는 '침략자' 생물처럼 어느새 내 영역에서 털썩 자리를 잡고 새근새근 마치 우리 얼굴을 하며 편안하게 내 방에서 잠을 자고 정착하기 시작했다.

나는 서둘러 여자를 깨웠다. 이유는 공포였다. 나에 대한 침략이 시작되고 있다. 하지만 여자는 눈을 뜨지 않고 히죽 웃더니 팔을 뻗어 내 목을 껴안았다.

그리고 여자는 요구해 왔다. 여자의 몸은 이미 충분히 깨어 있었다. 행위의 어리석음 속에서 나는 겨우 평정을 되찾았다. 상대는 역시 기존의, 정기적인 완전한 한 사람의 타인으로서의 여자였다. 그것으로 돌아가 있었다. 나는 조금 전에 당황한 것이 이상했다. 단지 여자가 머무는 시간이 조금 길어졌을 뿐이잖아. 사랑하고 있나? 아니, 사랑하지 않는다. 내 외부에 있나? 외부에 있다. 나는 자신에게 묻고 또 확인하고, 겨우 안심하고 볼일이 끝난 내 남근을 여자의 밖으로 꺼냈다. 여자는 오전 중에 집에 돌아갔다. 창문으로 바라보는 나에게 여자는 손을 흔들고 행복한 듯 눈부시게 웃어 보였다.

다음 주, 여자가 찾아온 것은 오후 1시쯤이었다. 노크 소리에 일어나서 잠결에 미닫이문의 열쇠를 뽑았다. 문을 열고 들어온 여자는 창백하고 완전 히스테리한 얼굴을 하고 있었다. 광대뼈가 두드러지고 원래도 치켜 올라간 눈꼬리가 유난히 더 치켜 올라가 있었고 빛깔을 잃은 큰 입술이 쥐어박힌 어린아이처럼 실룩샐룩 떨리고 있었다.

나는 깜짝 놀라고 겁먹었다. 우는 것은 곤란하다, 서투르다고 생각했다. 하지만 여자는 소리를 내며 문을 잠그더니 그대로 문을 보며 앉았다. 어깨에 끈이 있는 겨자색 원피스 차림이었다. 그래도 어깨는 울고 있지 않은 듯 보였다. 소지품도 흰 가죽 핸드백 하나여서 딱히 가출한 것처럼 보이지도 않았다.

"왜 그래?"

나는 이부자리로 돌아가며 말했다.

"그 사람, 화났어?"

"괜찮아요, 난 약점을 쥐고 있어요."

여자는 문을 바라보고 대답했다. 강한 어투였다.

"음, 괜찮았어? 자고 갔잖아."

"괜찮아요. 아무 말도 하지 않았어요. 그러니까 괜
찮아."

여자는 몸을 돌려 굳은 뺨으로 무리하게 미소 지어
보였다.

"그 사람은 말이야. 그냥 동거인 같아요. 그래서 하고
싶은 대로 하죠. 해도 돼요. 그 사람이 나쁜 거니까."

나는 여자에게서 다른 사람의 얼굴을 보았다. 창백
한 여자의 얼굴은 엄격했고, 비로소 나는 깨달았다. 여
자는 나에게 그때까지 한 번도 자기를 주장하는 얼굴을
보인 적이 없었다.

"부자잖아요? 그 사람. 편안하고 쾌적한 생활이 여자
에게는 매력적이죠. 왠지 모처럼 결혼한 사람이라는 생
각에 그걸 버리기가 아쉬웠어요. 그러니까 함께 있을
뿐이에요."

여자는 말했다.

'아' 하고 의미 없이 동조했다. 친구는 나와 학부는 같았지만 그의 아버지가 사장으로 있는, 중공업과 관련된 회사의 젊은 사장이었다. 여자와의 결혼식도 무척 호화스러웠던 모양이다. 나는 가지 않았지만, 집에 배달된 청첩장을 보고 어머니가 감탄했던 기억이 있다.

"있잖아요."

여자가 내 머리맡으로 다가와 말했다.

"앞으로 일주일에 한 번씩 자고 갈 거예요. 오늘도 자고 갈게요. 괜찮죠?"

"나는 말이야, 여기에 일하러 와 있어."

나는 대답했다.

"그것만 괜찮다면 뭘 해도 괜찮아."

여자는 아이처럼 고개를 끄덕였고, 갑자기 눈이 촉촉하게 빛났다.

"나, 몇 번이나 키스마크를 보여줬어요. 오늘도 친정에 간다든가, 여자 친구 집에 간다든가 하는 식으로 속이고 온 게 아니에요. 당신 이름은 밝히지 않았지만, 분명히 남자에게 간다, 가서 자고 오겠다고 말했어요."

"그래도 괜찮다고 했어?"

여자는 고개를 끄덕였다. 눈물을 흘렸다.

"진짜 이상한 놈이야, 진짜."

나는 웃기 시작했다.

"어느 부부라도 그 부부만의 특별한 사정은 있지. 남은 이해하지 못하는 것은 어쩔 수 없어."

나는 뭐라고 말을 거는 여자를 손으로 막았다.

"됐어. 알았어. 이제 그 사람 이야기는 하지 말자. 미안."

나는 눈을 감았다. 사태는 변하고 있었다. 어쩌면 친구는 헤어지고 싶어 묵인하면서도 이혼에 유리한 사실을 수집하고 있는지 모른다. 부자는 인색하니까 하는 생각이 들었다. 또 '약점' 때문에 그것을 알리는 것이 싫어서 일주일에 한 번 정도라면 너그럽게 이해하고 헤어지지 않을 작정인지도 모른다. 하지만 어쨌든 지금은 생각하지 말자. 언젠가 뭔가에 부딪히면 그때 생각하면 된다. 그게 내 삶의 방식이다. 잠이 오지 않았었는데, 어느새 다시 잠이 들었다.

"와, 엄청난 먼지 덩어리. 일주일에 이렇게나 쌓이는구나."

정신을 차리고 보니 여자는 명랑하게 혼자 중얼거리면서 내 이불 주위를 살며시 소리 나지 않게 청소하고 있었다. 나는 잠시 부지런히 움직이는 여자의 작은 주먹을 보고 있었다. 발목을 잡았다. 세게 쥐었다.

낮고 말이 되지 않는 고함을 질렀지만, 여자는 내 가슴에 어깨를 기대듯이 쓰러졌다. 깜짝 놀란 웃음을 머금은 눈으로 내 얼굴을 바라보다가 차츰 슬픈 듯 두려운 듯, 그러나 불안하지도 불쾌하지도 않은 기대를 하는, 방심하는 듯한 평소의 눈으로 멈췄다. 여자는 눈을 감았다. 헐떡이는 호흡이 가늘어졌고 얼굴이 붉어지고 숨을 가쁜 듯 내뱉으니 이미 그 향기가 진하게 퍼지기 시작했다.

아마도 지금 이 여자는 행복할 것이다. 나는 질투 섞인 감정에 이끌려 알 수 없는 대상을 향한 흉포한 분노인지 복수 같은 기분으로 난폭하게 행동했다.

"당신은 부끄럽지도 않습니까? 당신은 열심히 상대를 속이고 있는데, 그 상대는 당신보다 행복합니다."

어디선가 읽은 말이 끈질기게 내 머릿속에서 나타났다 사라졌다.

* * *

그러고 나서 여자는 두 번 다시 남편에 대해 한마디도 언급하지 않았다. 나도 못 들었다. 여자는 꼭 토요일 저녁에 나타나 일요일 저녁 무렵 돌아갔다. 나는 금요일 오후부터 일요일 밤까지 하숙집에 있었다. 우리의 생활은 몹시 규칙적으로 유지됐다.

나는 나 자신이 누구도 사랑하지 않기 때문에 누구에게도 사랑받을 자격이 없는 인간이라는 생각을 바꾸지는 않았다. 이따금 끊임없는 정욕 외에 무엇 하나 여자에게 강요하지도 않았고, 그 정욕마저도 대부분 여자에 대한 과도한 의무, 눈앞에 있는 상대방에 대한 나약함으로, 이른바 '강요'당하고 있었다. 언제 여자가 사라져도 아무런 불편함이 없을 것 같았다.

이에 대해 의심하지 않았다. 마음만 먹으면 평생이라도 태연하게 고립을 유지할 수 있다. 내 관심인 나에 대한 집중과 그 스토이시즘(금욕주의)을 믿고 있었다. 어리석은 일인지도 모른다. 아니, 아마 명료하게 어리석은 자기기만이다. 그렇지만 나에게는 단지 하나의 '옳은 것'이기도 하다. 나 자신에게만 관심을 가지는 것의 불안을 철저히 느끼는 것이야말로 내가 선택한 나에 대한 유일한 지지이자 힘이라고 믿어왔다.

타인에게 자신을 강제할 수 있는 인간과 할 수 없는 인간이 있다. 나는 타인을 사랑할 수 없다는 무자격한 자각 때문에 후자에 속한다. 나는 상대방에 따라 거짓말도, 동조도, 추종도, 무엇이든 한다. 그 자체는 조금도 괴롭지 않다. 상대는 상대방이고, 자기 이상으로 그것을 믿거나 사랑하거나 소중하게 여기지 못하며 자신을 버리면서까지 헌신할 수 있는 대상이 어디 있을까. 나에게는 나밖에 없다. 나는 언제나 알 수 없는 분노이자, 굴욕이자, 수치이자, 소리 없는 공포의 절규다. 나에게는 내면으로 파고드는 추잡하고 꺼림칙한 격정밖에 없다. 달리 믿을 만한 어떤 열정도 자신도 없다.

여자와의 단조로움에 약간 질리기도 했다. 화장실에서의 폭격이 언제나 훨씬 좋았지만 자고 나면 여자는 집요하게 여러 번 요구했고, 도중에 귀찮아져서 내가 멈추거나 하면 거의 반미치광이처럼 울었다. 그럴 때면 원래 여우처럼 뾰족한 턱, 가는 눈, 커다란 붉은 입이 마치 귀까지 갈라진 귀신으로 변해 그 자체가 하나의 성기로 변한 것처럼 탐욕스럽게 나를 빨아들이고 삼키고 싶어 하는 것이라고밖에 생각되지 않았다.

그래서 토요일 밤이 끝나고 시곗바늘이 1시가 지나면 나는 기계처럼 책상 앞에 앉기로 했다. 바로 뒤에 있는 이불에서 여자는 나를 간지럽히거나 때로는 걷어차거나 하면서 관심을 받으려고 했다. 필요 없는 차를 우려내거나 프로레슬링처럼 두 다리로 내 목을 걸어 넘어뜨리기도 했다.

어느 날 밤, 여자가 귀찮게 방해해서 나는 그녀를 짓누르고 올라타 셔츠와 넥타이로 여자의 손발을 꽤 세게 묶었다. 여자는 이상한 홍분으로 반응했다. 어깨를 흔들고 가느다랗게 헐떡였다. 눈이 풀리고 통나무 막대기처럼 이불을 굴리면서 여자는 시트에 놀랄 만큼 얼룩을 만들었다. 그러고는 일부러 바라듯이 '강도, 강도'라고 하며 손을 뒤로 돌리면서 나에게 기댔다. 나도 습관처럼 풀리지 않도록 등 뒤로 손목을 묶고 껴안듯이 이부자리에 눕혔다. 그리고 일을 했다.

여자는 내가 잠들 때까지 기다리고 있었다. 묶인 채자지 않고 기다리고 있었다. 묶인 채 그녀는 고개를 뒤로 젖히고 응석 부리는 목소리를 내면서 나에게 무슨이야기를 해달라고 졸랐다. 나는 각색 일을 계속하면서 아무렇게나 되는 대로 마구 지껄여댔다. 다른 여자와의 정사. 헤어진 아내와의 일. 브라질 이민을 신청했으나 실패한 일. 3명의 친구와 계획했다가 결국 미수에 그친 은행 강도 일. 어느 테러의 몽상. 아마존강의 물고기에게 먹혀버린 여자. 나의 시체 애호벽. 모든 것은 즉흥적이었다. 말하기 시작하기 전까지 생각해 보지 않았던 종류의 착상이다. 중간에 설명이나 묘사를 하다 보면 엉뚱한 방향으로 빗나가게 된다. 하지만 여자는 반색하며 그 말을 들었다. 어이가 없어 웃음을 터뜨리거나 일일이 맞장구치며 공감하거나 호들갑과 비난과 감탄의 소리를 지르며 열심히 들어주었다.

"열심히 들어줄게요. 그 성실함이 좋아요."

여자는 말했다. 딱히 장난친 것도, 놀리는 것도 아닌 것 같았다.

"구름. 사랑하고 있어요?"

"물론, 사랑하지."

"정말 뚱이 사랑하고 있어요?"

"사랑하고말고."

"정말, 사랑하고 있어요?"

때때로 끈질기게 묻곤 했는데, 신호였다. 귀찮아져서

돌아서서 여자의 비틀어진 상체를 들어 올리고 입술을 비볐다. 여자는 코에서 거친 호흡을 내뿜고 작은 회오리바람처럼 혀를 동그랗게 만들며 한껏 내 혀를 들이마시려고 했다. 흐느끼듯 코로 가늘게 호흡하면서 계속해서 혀를 이리저리 흔들며 멈추지 않는다. 그럴 때 나는 두려움에 감은 여자의 눈시울을 바라보면서 내가 마치 존재하지 않는 사람으로 둔갑하고 있다는 느낌을 받았다. 이 여자의 사랑을 상대하고 있는 것은 나도 모르는 한 사람, 어디에도 없는 남자다. 그것은 기분이 좋았다. 짜릿하기도 해서 나는 하나의 인형일 뿐이라고 느꼈다. 실은 인간으로서는 완전히 자격이 없는, 있을 수 없는 인간으로 분장하고 있는 가공의 실재에 지나지 않는다. 나는 '타인'이다.

결국 나는 그런 감각이 좋았다. 자기의 이중성을 그때그때 구분해서 상대가 나의 표피만으로 흥분해 분비하고 있는 것을 어두운 내부의 다른 쪽으로 무책임하게 응시해 맛보고 있는 것을 좋아했는지도 모른다. 그러다 나는 기학적으로 눈을 감고 온몸이 달아오르는 여자를 난폭하게 짓눌러 사타구니 사이 색이 짙은 주름진 부분을 어루만지고 묶인 여자를 마치 강간하듯이 범하기도 했다. 소리를 높여 고개를 좌우로 흔드는 입에 손수건을 밀어 넣고 스카프나 수건으로 단단히 묶은 다음 그 신음을 들으면서 행위를 끝내곤 했다.

그때 나는 말하자면 여자를 하나의 '물건'으로만 취급했다. 어두운 격정의 분출을 느끼며 상대 인간을 실격시켰고 나 역시 나라는 인간을 실격시켜 하나의 난폭한 광기 그 자체로 변해가고 있는 것이 황홀했다. 어쨌든 내가 가장 불탄 것은 그럴 때다. 손이 묶이고 입에도 천을 집어넣은 여자 속으로 들어가면서 나는 그래, 이게 나야, 이게 진짜 나라고 생각했다. 나는 너를 사랑하고 있지 않아. 한 명의 깡패로, 한 명의 미치광이로 폭행하고 있을 뿐이다. 네가 너라서 그런 게 아니야. 하나의 부드러운 '물건'이기 때문에 나는 너를 '물건'으로 사용하고 있을 뿐이야. 이게 나지.

때로는 그녀를 그대로 내버려둔 채 일을 했다. 그리고 여자의 존재를 잊었다. 일을 마무리하고 문득 깨닫고 보면 여자는 여전히 하소연하는 듯한 눈으로 나는 바라보고 있었다. 그 눈으로 웃어 보였다.

* * *

9월이 끝날 무렵 프로덕션과의 계약을 갱신했다. 신문 소설의 각색이 끝난 것이다. 가만히 있으니 페이를 25%나 올려줬다. 나는 승낙했다.

하지만 결국은 일주일의 휴일도 없이 일을 계속해야만 했다. 주말에 하숙집에 다니는 습관을 반복했고 토요일부터 일요일까지 여자도 하루를 묵었다. 나는 더 이상 재즈를 들으러 가지 않았지만, 여자가 아무리 투덜거려도 결코 다른 날은 만나지 않았고 또 소꿉놀이처럼 즉석식품으로 때우는 야식 외에 여자와 밥상에서 마주 앉아 식사하는 일도 거절했다. 여자가 뭐라고 해도 지켰다. 나는 여자와의 사이에서 누가 봐도 부부다운 '일상'이 시작돼서 뿌리내릴까 두려웠다. 여자도 체념한 듯 아무 말도 하지 않았다.

벌써 가을도 끝나가는 어느 밤이었다. 마치 태풍처럼 비바람이 세차게 불더니 한밤중부터 더욱 심해졌다. 하지만 외부의 잡음에는 완전히 무신경했기 때문에 아무 일도 없다는 듯 일을 계속했다. 그러다 갑자기 전등이 꺼졌다. 정전이었다.

바람이 멀리에서부터 근처까지 윙윙거렸고 덧문이 계속 요란하게 울렸다. 2~3분 지나자 전등은 켜졌다가 책상에 앉자 다시 꺼져 어둠이 깔렸다. 그런 짧은 정전 사태가 몇 번이고 반복됐고, 나는 하기 싫어져서 일을 멈추고 담배를 피워 물고 등 뒤의 여자를 돌아봤다. 그날 밤도 여자는 이불 위에 무릎을 구부리고 뒹굴었다. 손과 입이 수건과 스카프로 묶인 채 눈만 검은 돌처럼 번득이며 나를 보고 있었다.

"풀어줄까?"

여자는 눈웃음 짓더니 천천히 고개를 흔들었다. 그리고 머리를 이부자리와 같은 위치로 돌려놓은 다음, 눈에 잘 띄는 검은 돌멩이 같은 눈동자로 나를 바라봤다. 어둠 속에서도 계속 응시하고 있었는지도 모른다.

켜졌다 꺼졌다 하는 전등 불빛 아래서 나는 그때 타인과 함께 홀로 있고 싶었다. 혼자 있지 않으면 나는 편안해질 수 없다. 그러나 정말 혼자 있으면 나는 어쩔 수 없이 불안하고 지칠 것이다. 나의 이상한 광기의 길은 어디론가 끝없이 질주해버릴 공포로 견딜 수 없다. 견딜 수 없어 나는 거리로 타인을 구하러 나간다. 그 속에서 슬쩍 나의 '광기'를 확인하고 타인과의 균형을 확인하고 회복하고 안심한다. 나에게는 항상 다른 사람이 필요하다. 타인과 함께 있으면서 타인과 다른 세계에 있는 것. 아무래도 그것이 나의 '안정'이다. 그리고 표면적으로는 정상적인 척 상대와 사귀면서도 완전히 무책임하게, 나에 대한 관심만 더욱 증대하는 것. 이렇게 나에게 전혀 간섭하지 않는, 단지 물건화한 타인과 함께 있는 것이 나의 이상일지도 모른다.

담배를 피우면서 나는 어둠 속에서 웃었다. 전등이 켜지고 무심코 여자의 눈웃음을 보았다. 여자도 나를 보고 웃었다. 서로의 눈과 눈 사이의 자연스러운 행복한 연결고리가 느껴져 갑자기 미치광이 행복을 그녀와 나누고 있다고 생각했다. 저리는 기쁨과 함께 문득 언젠가 본 이 하숙집 화장실 옆 젊은 부부의 추태가 떠올랐다. 그때 나는 분명 미친놈이라며 웃었다. 마찬가지인 그 음산하고 추악한 치태 속에 내가 있었다. 미치광이의 쾌락, 음산한 미치광이의 행복 속에 지금 나는 벌거벗은 자신을 드러내고 있다. 이 여자에게 정체를 밝히고 있다. 황급히 담배를 버리고 서둘러 스카프와 수건을 풀었다. 손수건을 입에서 끌어내 주었다.

"물 좀 줘요."

여자가 말했다. 나는 주전자를 입에 대고 물을 머금어서 여자에게 입을 맞추었다. 여자가 좋아하는 방법이었다. 그러자 여자는 기쁜 듯이 뺨을 허물어뜨리고 두 손을 내 목에 감으며 사랑한다고, 좋아한다고 노래하듯 말했다. 물고 늘어지는 젖먹이처럼 입술을 청해왔다. 기묘한 전율이 일어, 나는 이유 없이 여자를 들이받았다. 몸집이 작은 여자는 개구리처럼 배를 드러내고 벌렁 나자빠졌다. 하지만 화내지 않고 그대로 내 잠옷에 팔을 꿰기 시작했다.

"홍차라도 내릴까요?"

당연하다는 듯이 물었다.

나는 대답하지 않았다. 내가 만난 것은 혐오가 아니라 말하자면 절망적인 공포였다. 내가 계속해서 광기를 느꼈던 귀중한 시간이 사라지고, 다시 여자와의 새로운 시간이 재개됐음을 느꼈다. 아니, 내가 '광기'라고 믿었던 것조차 여자에게는 여자 나름대로 단지 나와의 일상의 연속일 뿐이었고, 확실히 그것이 옳았다. 아까 나의 스릴 넘치는 한순간의 행복은 그저 어린애 같은 착각이자 독선에 지나지 않았음을 반사적으로 이해하고 있었다.

여자에게는 이상적이지 않았을까. 변태적인, 나름대

로 비정상적인 구절에 대한 갈망이나 파괴. 시체에 대한 기호라는 광기를 드러내는 행위도 단순히 격한 애정으로만 볼 수 없었을까. 나는 언젠가의 아침처럼, SF에 나오는, 충돌하는 것을 모두 삼켜 에너지화하여 끝없이 팽창해가는 기괴한 생물을 생각했다.

주전자에서 물 끓는 소리가 났다. 아이러니하게도 다시 전등은 꺼지지 않았다. 여자는 홍차에 우유를 떨어뜨리면서 큰 소리로 말했다.

"어머, 꽤 번졌잖아. 벽에 있는 얼룩. 날림 공사네요. 이 정도의 폭풍우로 벽에 저런 지도가 만들어지다니. 삼천 엔이면 비싸."

나는 말없이 차를 마셨다. 뜨거웠다. 그만 '아, 뜨거워'라고 외쳤다. 여자는 웃음을 터뜨렸다.

"저기, 무슨 생각을 하고 있어요? 새빨개진 얼굴로. 바보, 그러면 화상 입어요."

"넌, 내가 무슨 생각을 하는지 알고 싶어?"

나는 진지하게 물었다. 여자는 비스듬히 올려다보았다.

"글쎄, 무슨 생각을 하는지 완전히 알고 싶다는 생각은 이미 포기했어요. 나는 단지 당신이 조금이라도 나를 마음속에 두고 있으면 돼요."

"내가 무섭진 않아?"

"무서워요."

여자는 바로 대답했다.

"그래도 좋아요. 나, 안 무서운 사람 안 좋아해요."

"응."

"어머, 왜? 어이없어요?"

여자는 눈을 동그랗게 뜨고 아이처럼 계속 웃었다.

그다음 날이었다. 맑은 하늘이 높고 햇빛이 경쾌한 날씨였다. 우리는 소바 가게에 갔다 와서 소나무 숲속으로 들어가 연못이 있는 근처 작은 공원 벤치에 앉았다.

사실 나는 해야 할 일에 아직 손을 대지 못했다. 일할 마음이 생기지 않았다. 나는 그때부터 줄곧 생각했다. 혼자 살 것이다. 나 자신 말고 누구도 사랑할 수 없다는 확신도 변치 않는다. 누구와도 공동생활을 할 자격이 없다고 생각했다. 확실히 '사랑'은 없다. '자격'도 없다. 하지만 도대체 그것은 무엇일까. 말하자면 나만의 부분, 사람들이 모두 숨기고 있는 은밀한 비밀에 대한 미숙한 구애가 아닌가. 여자가 처음 묵었던 아침, 그리고 어젯밤 자신이 싫어도 여자와 함께 그 안에 있었다는 것을 느끼지 않을 수 없었던 어느 일상. 나의 이상, 나의 광기, 나라는 하나의 공포마저도 태연하게 음미하고 돌을 던져 넣은 늪만큼의 동요도 보이지 않는 여자. 어쩌면 나는 이 여자와 함께할 수 있을지도 모른다. 지극히 평범한 부부가 될 수 있을지도 모른다. 아니, 여자는 모두 일상만 믿고 일상에서만 산다. 어쩌면 나는 어떤 여자와도 해나갈 수 있을지도 모른다.

"무슨 일이에요, 진지한 얼굴로."

여자는 내 어깨에 볼을 대면서 말했다.

"당신은 무슨 생각을 하고 있을 때, 마치 아이가 딱지치기라도 할 때 같은 얼굴이 돼요. 입이 뾰족해지죠."

"그런가."

"그래요. 이상한 사람이야."

여자는 웃으며 똑같이 검은 연못의 수면을 바라보았고, 나도 웃기 시작했다.

"이상한 사람이지, 난. 요컨대 난 게으름뱅이지만 겁이 많아서 아무 데도 움직일 수 없는 아이인 것 같아."

"게으름뱅이는 저죠." 여자가 말했다.

"제 꿈은 말이에요, 통통 튀는 어부의 배 있죠? 그 배를 타고 먼바다로 나가 햇빛을 받으며 바다 위에서 잠드는 거예요."

"그거 좋은데."

나는 진심으로 동조했다.

"맞아. 최고지. 함께 앞바다에서 자자."

"함께?"

놀란 듯이 여자는 말하며, 내 어깨에서 볼을 뗐다.

"하지만 전 히스테리해요."

여자는 돌을 줍더니 연못이 아니라 뒤쪽 소나무 줄기에 비스듬히 던졌다. 빗맞았다.

"여자는 모두 히스테리해. 그리고 남자는 모두 미치광이야. 난 히스테리한 여자와 미치광이 남자밖에 믿지 않아."

그때 나는 어떤 우정과 비슷한 느낌을 여자에게 받았다. 그녀 역시 가족과 같은 여자였고 그 사실을 나는 잊지 않았지만 여기에 흐르고 있는 우리의 일상, 그것은 무겁지도, 기분 나쁘지도 않았다.

여자는 밝은 회색 하이웨이스트 상의 투피스를 입고 있었다. 유부녀라기보다 여대생처럼 보였다. 작은 몸집과 간단하게 정리했을 뿐인 머리 모양 때문인지도 모른다.

화창한 그날, 우리는 공원을 나와 헤어졌다.

"다음 주에 올래?"

나는 처음으로 여자에게 물었다. 하지만 여자는 의외인 듯한 기색도 보이지 않았다.

"네, 다음 주에 봐요."

여자는 대답하고서는 전철역으로 갔다.

그대로 나는 하숙집으로 돌아와 책상 앞에 앉았지만 왠지 일에 구애받지 않고 노트를 깨알 같은 글씨로 채우는 데 몰두했다. 물론 여섯 개의 대본을 만들지는 못했고 그날 밤도 하숙집에서 대본을 썼다. 다음 주, 여자는 오지 않았다.

* * *

10월 중순이었다. 전에 가족들, 특히 어머니가 내 생각을 곡해하는 것 같다고 했는데 10월 초, 사실로 드러났다. 주말에 집을 비웠을 때 어머니는 내가 걱정하지 않게 하기 위해 집을 팔아치웠다.

분명 작은 집으로 옮기자는 방안은 진작부터 있었다. 그러나 어머니는 아주 싼값에 집과 땅을 통째로 팔았다. 대신 대지 한구석에 작은 집을 지어 어머니가 살아 계신 한 월세 없이 살게 해준다는 계약을 돌아가신 아버지의 오랜 친구와 맺었다. 나는 일이 터진 다음에야 알게 됐다.

어머니가 갑자기 돌아가신다면 우리는 당장 살 곳을 찾아야만 한다. 신사협정이니 안심이라고 어머니는 말했지만, 아버지의 친구가 죽거나 변심한다면 법적으로 쫓겨나게 되고 어머니와 우리는 얼마 안 되는 돈을 움켜쥔 채 갈 곳을 찾아 헤맬 수밖에 없다. 그런데도 불평할 수 없었다.

나는 어이가 없었지만 무슨 일을 하든 사후 처방이었다. '죽을 때까지 거기 있는 한 무료'는 어머니를 안심시키는 엄청난 매력이었을 것이다. "여자 두 명 결혼시킬 비용 정도는 가지고 있어야지" 하고 어머니는 엉뚱한 말을 했지만, 이미 날인된 증서가 교환됐으니 어머니의 결심을 바꿀 수도 없는 일이었다. 우리라고 해도 주로 내가 발언했고 모두는 그런 나를 납득시키려고 했을 뿐이었지만, 그 계약에 대한 대화를 밤마다 주고받았다. 마지막으로 누나가 말했다.

"왜냐하면 집도 땅도 모두 아버지와 어머니가 이뤘

고, 지금까지 어머니가 그걸 혼자 버텨온 거 아냐? 그러니까 어머니 마음대로 해도 된다고 생각해."

나는 침묵하면서 어쩔 수 없다고 생각했다. 하지만 어차피 어머니를 따라야 한다고 해도 너무 불안했다. 어머니는 이제 돈을 벌기 힘들고, 외아들인 나는 결국 그 집에서 살아야 한다. 그리고 아직 병세가 다 회복되지 않은 어머니가 급사라도 하면……. 아니, 그건 더 이상 생각하지 말자. 어차피 그렇게 될 수밖에 없다고 생각했다.

날씨와는 반대로 어둡고, 똑같은 날이 반복됐다. 나는 지난주에 여자가 하숙집에 오지 않았던 것에 대해 걱정하거나 마음을 돌릴 여유도 없었다. 어차피 다시 찾아올 게 뻔하다고 생각했다.

금요일이었다. 역시 일 때문에 오후에 하숙집으로 갈 생각이었다. 그날 아침 나는 지난 토요일, 왜 하숙집에 여자가 찾아오지 않았는지 알았다. 한동안 엽서를 쳐다본 채 멍했다. 믿기지 않았다. 여자는 죽은 것이다.

너무 당황했다. 거짓말이라고 해도 이상할 정도로 누군가의 장난 같았다. 그날 내 앞으로 온 편지는 친구가 보낸 아내의 사망을 알리는 검은 테두리의 부고장이었

다. 아내의 이름은 여자 이름이었다. 여자는 그제 '급사'
해 내일이 영결식이라고 한다.

어머니가 거실로 왔다. 나는 다시 한 번 부고장을 읽
고 안방에서 늘 하던 내 나름의 반응을 보였다. 즉, 대학
시절 친구의 아내가 된 옛 여자 친구. 최근 7년간 만나
지 못했던 옛 지인인 성우. 그렇게 멀고 오래된 한 사람
의 죽음으로 그것을 취급했다. 나는 곧 부고장을 찢어
휴지통에 버리고 새집을 장만해 부랴부랴 내게 상담을
청해오는 어머니 손에 들린 몇 장의 설계 계획에 손을
뻗쳤다. 화장실 자리, 어머니 방 위치, 벽 색깔까지 정해
주었다. 물론 어머니 말대로.

처음으로 여자의 죽음이 강렬한 충격으로 다가와 갑
자기 열이 오르기 시작한 것은 일단 숙면을 취한 뒤인
토요일, 하숙집에서였다. 가슴 깊은 곳에 둔중한 공백
이 번져 초조해졌다. 여느 때 같으면 벌써 여자가 와 있
을 것이다. 하지만 이제 그 여자는 다시 나타나지 않겠
지. 거짓말 같아서 웃고 싶은데, 무슨 말을 하고 싶은데
할 말이 없었다. 실마리나 근거가 없었다. 나는 이불 속
에 짙게 남아 있는 여자의 냄새를 맡고 여자의 모습을
상상하고는 이제 어디에도 없다는 것을 깨달았다. 저리

고 무거운 마음 밑바닥을 바라보며 공막 속에서 꿈틀거리는 듯한 무언가를 응시하려 했다. 그러나 거기에도 여자의 모습은 없었다.

나중에 다른 사람에게 들었는데, 여자는 자동차에 치였다고 한다. 그 사건은 신문에도 작게 실렸다. 인근 병원으로 옮겨졌지만 의식을 회복하지 못한 채 일주일 만에 사망했다. 그것이 사고인지 자살인지 아니면 누군가 고의로 쳤는지 알 수 없었다. 그런 것은 예를 들면 남편이 줄곧 병실을 지켰다거나 아니었다고 하는 것과 마찬가지로 내 입장에서는 아무래도 괜찮았다. 다만 여자가 죽은 것만이 내 사건의 전부였고, 그때 내게는 찢어버린 한 장의 부고장 외에는 아무 사실도 없었다.

영문을 모르는 분노 비슷한 것이 밀려왔다. 마음을 가라앉히고자 화장실에 가서 엉덩이를 내밀고 폭탄을 떨어뜨렸다. 문득 자신이 종이에 쓴 글씨가 눈에 들어왔다. 그때는 아주 성실하게 썼지만, '남녀 불문하고, 반드시 구부리고……'란 무슨 말인가 생각했다. 여자가 구부리는 것은 당연하잖아. 시치미 떼고 있어. 이걸 왜 그냥 놔뒀지? 그 여자도? 2층 주민들도. 노여움은 더욱 커져 이미 누레진 종이를 찢어 뭉쳐 똥통에 넣었다. "바보!"라고 큰 소리로 외쳤다.

갑자기 가슴이 떨렸다. 심호흡을 크게 하자 눈물이 왈칵 쏟아지기 시작했다. 생각할 수도 없는 일이었지만 눈물이 그칠 기미가 보이지 않았다. 나는 황급히 방으로 돌아와 이부자리에 엎드려 울기 시작했다. 눈물은 뺨을 타고 흘렀고, 목 놓아 울면서 나는 철이 들고서 이렇게 운 적이 처음이라는 사실을 깨달았다. 금방이라도 노크 소리가 들리면서 여자가 올지 모른다. 쳐다봐도 돼. 아니, 난 여자가 보였으면 좋겠다고 생각했다. 왜 울어? 이유 따윈 없어. 아무래도 좋아. 그저 울고 싶으니까 우는 거야. 누구를 위해서도 아니다. 아마 나는 그저 슬프기 때문에 우는 것이다.

울면서 노트를 꺼내 얼마 전, 아직 여자가 존재했을 때 저항하면서 쓴 글을 읽었다. 시시했다.

"나는 어릴 때부터 내 이상을 확신했다. 타인에 대해, 타인에게 보이는 자신에 대해, 나는 언제나 상식적이려고 했다. 튀기 싫었다. 무서웠다. 들킬까 봐 두려웠다. 정신병원이 무서웠다. 성(性)도 무서웠다. 내가 사물밖에 사랑하지 못하는 걸 알고 있었으니까. 그리고 나의 광기가 명료해져 가족들이 불편할까 봐 두려웠다. 내가 원인이라는 것이 싫었다. 나는 그래서 흉기로서의 자신을 죽이고 싶었다.

그래서 나의 정의는 내가 소멸해버리는 것이었다. 오직 나의 관심사는 자기 지우기에만 열심이었다. 하지만 지금 나는 모든 타인 또한 이상하다는 것을 확신한다. 나는 즉, 모두와 같다.

이상에 대한 나의 믿음은 미쳤고 혼란스러웠다. 우스꽝스러운 스물아홉 살의 어린이. 나는 당황해서 주체성을 지켜내는 것을 그때까지 항상 타인을 정상으로 보고 타인을 권위로 삼아온 자신과 겹쳐보려고 해보았다. 그리고 어떤 일상을 발견했다. 난 그 여자를 사랑하지 않아. 하지만 나름대로 그 일상에 대한 사랑으로 그것을 대신할 수 있다고 생각해."

시시한 거짓말을 한다고 다시 생각했다. 사랑 없이도 남과 살 수 있다는 것과 같은 말장난에 불과하다. 그런데도 그때는 분명 여자를 사랑하고 있었다. 바보 같다. 하지만 나는 이제 '자신'에게만 관심을 가지고는 살 수 없다. 하나도 확실하지 않다. 확실한 것은 관계니 일상이니 하는 것 속에 있어서 이제는 나의 불안만을 고집하는 것이 옳다고도 믿을 수 없게 됐기 때문이다. 어린이의 계절은 끝났다.

어느새 눈물은 그쳐 있었다. 나는 문득 아아, 오늘은 그 여자의 영결식이었구나, 벌써 끝나 버렸겠지, 하고 생각했다. 그리고 어머니가 계획하고 있는 집은 일러야 내년 초여름이라고 생각했다. 아직 반년 남았다. 지금 하는 라디오 드라마도 앞으로 반년은 계속할 것이다. 어쨌든 나는 이 하숙집에서 앞으로 반년은 일을 계속해야 한다. 벽에 비바람 얼룩이 아직 남아 있는 걸 보면서 나는 여자가 없는 이곳에서의 주말 출근이 하나의 고문 같다고 생각했다. 하지만 이 방을 떠난다고 고문이 끝날까?

선혈을 쏟은 듯 창문이 시뻘겋다. 나는 느릿느릿 일어나 창문을 열었다. 엄청난 석양이다.

드넓은 서쪽 하늘은 구름도 하늘도 짙은 자줏빛으로 타올랐고, 그 빨간빛이 내 얼굴에도 비치고 있었다.

(1964년)

그
1
년

멀리 또 가까이 형태를 바꿔가며 이어지는 양쪽 언덕
과 숲에 저녁놀은 이미 흔적도 없었다. 바람도 차가워
져 있었다. 낮은 산기슭을 돌아 호도가야를 지났을 때
쯤부터 해가 져 어스름해졌다. 미군의 군용 트럭은 한
층 더 속도를 내기 시작했다.

제방 건너편에서 나란히 달리던 도카이도선 하행 열
차의 창문에 불이 켜졌다. 오바타 신지는 어스레한 트
럭 가림막 안에서 점점 뒤로 멀어지는 풍경을 보고 있
었다. 검은빛을 띤 길가의 소나무 가지가 천천히 물결
치듯 흔들리며 빠르게 작아졌다. 양쪽으로 늘어선 집들
은 점점 드문드문해졌고 초가집과 응결된 피 같은 늙은
안래홍은 차 뒤로 확 물러서듯 달아났고 추월한 버스도
금세 멀어져 갔다.

트럭 안에서는 기름이 타는 것 같은 냄새가 밴 악취가 났다. 뻣뻣한 방수천 가림막 안쪽에서 나는 그 냄새를 신지는 '털북숭이 냄새'라 생각하고 가볍게 눈살을 찌푸렸다. 혼잡한 사쿠라기초 역 앞에서 사람들의 시선을 받으며 차례차례 마치 연행되는 사람처럼 트럭 뒤쪽으로 올려졌을 때의 굴욕을 떠올렸다. 신지를 높이 들어 올린 미군은 큰 소리로 웃으며 한 바퀴를 돌아 손가락으로 엉덩이를 깊이 찔렀다. 전부 트럭에 올라타자 날카로운 휘파람 소리가 들렸고 어디선가 날아온 스무 개비가 든 담뱃갑이 신지의 이마에 부딪혔다. 매니저인 아다치가 바로 주워서 가림막 밖으로 몸을 내밀며 "땡큐, 땡큐" 하고 외쳤다.

신지는 손가락을 꺾어 소리를 냈다. 그는 가만히 있었다. 무슨 말을 해봤자 아무 소용 없을 것이고, 나는 그저 당황한 것뿐이라고 생각했다. 가림막 안쪽에 쭉 앉은 사람들은 유쾌하게 이야기를 나누고 있었다. 신지는 그 모습이 우스꽝스럽다고 생각했다. 그들은 경박하게 밝은 파도를 일으키는 연못에 지나지 않으며 그 연못은 그의 앞에서 닫혀 있다. 그들은 신지의 형이 트럼펫을 부는 악단의 사람들로 신지가 밴드보이(악기 준비부터 운반, 세팅까지 악기 관리, 뮤지션 지원 등의 일을 하는 사람, 일본에서는 한때 '보야'라고 불리기도 했음)로 일하기 시작한 그날부터 1회 250엔을 지급하기로 약속한 사람들에 불과했다. 신지는 그들의 동료가 아니었고 동료가 되기를 바라지도 않았다. 악기 케이스에 낀 찌부러진 맥주캔을 신지는 가림막 뒤로 던졌다.

형은 옆으로 긴 판을 반으로 접은 좌석에서 일어나더니 사람이 펄쩍펄쩍 뛰는 것 같아 보이는 진동 속에서 신지의 목에 자신의 실크 목도리를 둘러주었다. "이상하게 생각하면 안 돼." 형은 낮게 말했다.

지가사키의 미군 부대에 가는 것도 신지는 그날이 처음이었다. 요코하마를 떠날 때 거리는 새빨간 빛으로 가득 차 있었다. 저녁놀은 그들의 목적지인 서쪽 하늘을 넓게 물들였고 금빛 테두리를 두른 산 모양 구름 아래서 석양의 곧은 빛이 자동차의 바큇살처럼 방사형으로 몇 번이나 하늘로 올라갔다.

지저분한 녹색 가림막이 쳐진 미군 트럭은 그들을 다 태우고 맹렬한 저녁놀을 향해 달리기 시작했다. 불이 난 것처럼 연분홍빛이 흘러넘치던 역 앞 광장은 이내 건물 그늘로 숨었고 번화가는 석양에 반짝이며 점점 길

양쪽으로 멀어졌다.

　지는 해는 신지에게 이상한 갈망과 상실을 가져왔다. 새빨갛게 타오르는 저녁놀은 그를 맞이하는 다음 계절의 문 같았고 동시에 무언가와의 이별을 나타내는 것처럼 보이기도 했다. 그렇지만 신지는 과거를 생각하고 있던 것이 아니다. 미래를 향해 서두르는 현재만 존재한다. 4년간의 평화가 지나간 그해, 열일곱이었던 신지에게 하루하루는 그가 따라가는 것보다 빨리 지나갔다. 형의 낡고 작은 학생복은 팔꿈치와 등 쪽이 검게 빛났고, 신지는 항상 공복이었지만 그 비참함 속에서도 지치지 않았다. 그는 서두르고 있었다. 매일 넘어야 하는 것들만 있었고 넘어선 건너편에 무엇이 있는지 같은 건 생각하지 않았다. 신지는 그저 서두르기만 했다.

　"앞을 보고 있어. 재밌는 게 있을 거야."

　형이 말했다. 더 이상 형의 표정은 알 수 없었다. 미미하게 기복이 있는 희뿌연 아스팔트 도로가 가림막 뒤로 말아놓은 헝겊이 풀리듯 끝없이 이어졌고, 밤은 그 길을 삼키듯 다가왔다.

　신지는 가림막 틈으로 빛을 내며 전진하는 트럭 정면을 바라봤다. 어둠 속에서 눈에 보이는 것은 없었다. 바닷바람이 세차게 부는 바다가 왼쪽에 있었지만 그 물가의 선조차 보이지 않았다.

드디어 엔진 소리가 잦아들었다. 바퀴가 자갈을 튕겨냈고 트럭이 경적을 울리며 우회전을 하려고 전조등으로 근처 소나무 숲을 비췄다. 웅크린 듯한 거대한 무언가가 있었다.

"전차야." 형이 말했다. 진흙색으로 칠해진 대형 전차가 소나무 사이로 바다 방향으로 비스듬히 긴 포신을 뻗고 있었다.

"봤어?" 형이 물었다. "저건 종이를 덧붙여 만든 거야, 모형이지."

형이 웃었다. 정면에 붉은 전구 장식을 한 부대의 문이 있었다. 여기가 목적지인 부대였다. 신지는 그때까지 지가사키의 부대가 전차부대인지도 몰랐다.

"전차부대는 하얀 미국놈들뿐이야." 형은 악기 케이스를 끌어당기며 말했다. "저건 분명 간판 대신일 거야."

신지는 실물을 찬찬히 손으로 한 번 만져보고 싶다고 생각했다. 왠지 모르게 군함이나 비행기처럼 전차에는 그의 아이 같은 꿈을 부추기는 무언가가 있었다. 한참 후에야 신지는 M4 셔먼 전차의 형태를 모방한 것임을 알았다. 하지만 신지는 결국 가까이서 전차를 볼 기회조차 가지지 못했다. 어쩌다 멀리 소나무 숲 그늘에 한두 대의 전차가 서 있는 것이 보였지만 항상 멈춰 있었고 두 번 다시 같은 곳에서 볼 수 없었다.

* * *

연주를 시작하는 소리는 7시에 울린다. 일주일에 한 번 그 부대의 미군들을 위해 심야까지 몇 번 무대에 서는 것이 밴드의 역할이었다. 반원통형 막사가 늘어서 있는 평평한 모래땅에 휘황찬란하게 수백 개의 조명이 빛나고 머리에 터번 같은 것을 두른 일본인 여성들이 병사들과 과장된 몸짓으로 웃으며 서로를 터치하고 있었다. 여자들의 눈은 매서웠고 악단 사람들에게는 오래 시선을 주지 않았다.

한쪽 구석에 피라미드 모양으로 드럼통이 쌓여 있었다. 그 앞으로 구불거리는 길의 끝에 밤을 배경으로 꽤 큰 노란색 원형 홀이 있었다. 그 홀은 탱커스인이라고 불렸다.

"거기, 먹을 것 좀 받아와라. 배고파."

대기실에 짐을 옮겨놓으니 베이스를 치는 고바야시가 말했다. 밴드맨들은 트럭에서 내린 다음 손전등으로 하나하나 얼굴을 비추며 형식적으로 인원을 세자 갑자기 과묵해져서 불쾌한 표정을 지었다. 그것이 미군과 여자들의 시선을 견디기 위한 것인지 일에 대한 패기를 보여주는 것인지는 알 수 없었다. 열쇠가 망가진 문 앞 통로를 아르바이트생인 듯한 학생복 차림의 일본인 보이들이 금속 쟁반을 들고 빠른 걸음으로 지나갔다. 식사는 똑같이 순백의 앞치마를 두른 일본인 여자들에게 말하면 된다. 키가 작고 다리가 굵은 여자가 피곤한 듯 느릿느릿하게 "여덟 명인가" 하고 말하며 따라와서 가져가라고 말했다. 감자 삶는 냄새로 가득한 숨 막히는 주방에 들어가 방충망 밖을 내다봤다. 그는 여자들 때문에 부끄러운 것이 아니었다. 자신의 배고픔을 부끄러워하고 있었다. 비슷한 느낌의 여자들은 아무 말도 하지 않고 한결같이 표정이 없었다. 한 사람이 따라준 커피는 속을 콕콕 찌르더니 배 속으로 스며들었다. 신지의 배에서 소리가 났다. 한 여자가 웃음을 터뜨렸다. 눈썹이 연하고 몹시 마른 여자였다.

"넌 재즈는 싫어?" 대기실에서 어느샌가 옆에 와 있던 아다치가 달걀을 올린 햄버그 샌드위치를 베어 물며 말을 걸었다. "만약에 싫지 않으면 부탁이 있어."

"다치, 그만둬." 거울을 보며 형이 말했다.

"뭐 어때." 아다치는 능글맞게 웃었다. 그는 모두에게, 미군들에게도 '다치'로 불렸다. "내가 앉아 있을 생각으로 준비했는데 나는 이런저런 일도 있고, 앉아 있는 거 정도는 보야가 해도 될 거 같아서 말이지."

"무슨 말이에요?" 신지가 물었다.

"드러머가 갑자기 그만뒀어. 여러 사정이 있어서 말이야."

"네가 자꾸 트집을 잡으니까 그렇지." 악단 중 한 사람이 말했다. 아다치는 그 말에 대답하지 않고 긴 아래턱을 왼손으로 만지며 안경 너머로 웃는 듯한 눈으로 신지를 쳐다봤다. "그런데 아무래도 드럼이 없으면 모양이 안 나서 말이지. 여기는 카바레나 클럽과는 달라서 모양만 갖추어져 있으면 불만이 없어. 어때, 보야? 아무것도 안 해도 되는데, 딱 하나, 드러머 같은 얼굴로 여기 드럼 뒤에 앉아 있지 않을래?"

빗으로 머리를 단정하게 빗은 형이 가까이 와 있었

다. "그만둬." 화난 목소리였다. "난 애를 무대로 내보내고 싶지 않아."

"앉아 있기만?" 신지는 형을 무시했다. 형의 강한 어조가 반발을 불러일으켰다. 그는 형의 소유물이 아니었다.

"그래, 그거면 돼. 다 속을 거야."

"그만둬. 재밌다고 생각하는 거야?" 형이 말했다.

"상관없어. 뭐든지 할 거야."

신지는 형을 보지 않고 말했다. 아다치는 손뼉을 쳤다.

"좋았어! 이걸로 결정! 페이는 50엔 올려줄게." 아다치는 과장해서 고개를 끄덕이며 입술로 웃어 보였다. 그렇게 실눈으로 신지를 바라봤다. 형은 잠자코 있었다.

"서둘러." 아다치가 말했다.

아다치의 옷은 컸다. 무대막 안쪽에 멤버들은 이미 자리를 잡았고 형은 트럼펫을 입에 대고 있었다.

마스터인 피아노의 오기무라가 다시 한 번 신지에게 주의를 줬다. "저기, 베이스에 맞추면 돼. 알겠지?"

오기무라는 피아노로 돌아갔다. 연지색의 두꺼운 무대막 너머로 웅성거림이 멀어지고 조명이 무대막에 동그랗게 빛을 비췄다. 그는 집중해서 오기무라를 바라봤다. 오기무라가 피아노를 향한 채 오른쪽 신발 끝으로 바닥을 두드린다. 톡, 톡, 톡톡, 톡톡. 형이 트럼펫을 쥐고 어깨에 힘을 주며 첫 소절을 불기 시작했다. 막이 오른다. 박수가 터진다. 객석은 그를 삼키려고 술렁거리는 크게 열린 검붉은 고래의 입 같았다. 그는 정신없이 와이어 브러시스틱을 움직이고 있었다.

문득 온몸이 리듬을 타고 있음을 느낄 수 있었다. 그제야 고개를 들고 플로어 가득 춤을 추는 사람들을 바라봤다. 신지는 크게 호흡하고 있었다.

여자들의 원피스가 바깥으로 튀어나온 추악한 색색의 창자처럼 꿈틀거리며 빛나고 있다. 먼지가 뒤섞인 열기가 올라왔다. 모자를 쓰지 않은 병사들은 커다란 손바닥으로 여자의 온갖 바깥쪽을 애무하며 춤을 추고 있었다. 여자들 중에는 맨발에 샌들을 신은 사람도 몇몇 섞여 있었다. 여자들은 기운이 넘쳐 보였다.

무릎까지 드러낸 다리의 종아리가 다부지고 뽀로통한 얼굴을 한 여자가 얼굴을 찡그리며 빙글빙글 돌려지면서 무대 앞에서 말했다.

"이 밴드 좀 괜찮지 않아?"

"아, 나도 좋아." 한 사람이 뒤를 돌아보며 대답했다. "처음 곡이 좋아." 다른 사람이 빨갛고 두꺼운 입술로

소리를 질렀다.

"가사는 없지만, 뭐, 나쁘지 않네."

"헤이!" 노래가 끝나자 여자들이 앞다퉈 무대로 다가와 몇 번이나 같은 곡을 요청했다. 지르박이 인기가 많았다.

이 광경은, 예상하지 못한 것은 아니라고 신지는 생각했다. 밴드를 초대하는 것은 병사들이 12시간 휴가를 나오는 날이고 그 기한이 다음 날 아침 6시라는 사실도 알고 있었다. "하는 일은 정해져 있어. 카바레 대신에 홀에서 춤추고 술 마시고 원하는 것을 천천히 즐기는 거야. 마지막까지 남아 있는 사람은 한두 팀밖에 없어." 형이 말했다.

환락이 하나의 거대한 음향이 되어 공간을 채우고 있었다. 뜨거운 소음과 체취 그리고 온기. 사람들은 충분히 즐기는 것 같았다. 음울함이나 불행은 어디에도 없고 활력 넘치는 육체가 음악에 계속 씻겨 나가고 있었다. 리듬은 그의 안에 있었다. 하지만 신지는 쾌락이 전신에 영향을 고루 미치게 할 수 없었다. 애써 냉정하게, 그는 리듬에서 누락되지만 않겠다고 의식하고 있었다.

정말 싫어, 희미하게 빛나는 드럼의 페달을 바라보

며 신지는 눈꺼풀 위로 떨어지는 땀을 손으로 닦았다. 신지는 헐떡이며 창피를 당한 것처럼 자신이 진흙투성이의 분노를 어딘가에 내던지고 싶어 한다는 것을 알았다. 추하다고 그는 생각했다. 눈앞에서 춤을 추며 지나가는 병사 하나는 흠뻑 젖은 붉은 털이 난 손바닥으로 여자의 젖가슴을 움켜쥐고 있었다. 여자는 눈을 부라리며 침이 흐를 것 같은 입술로 언제까지고 웃고 있었다. 신지는 자신의 혐오와 분노의 시야 중심에 있는 것이 결코 미군이 아님을 깨달았다. 가벼운 혼란 속에서 그는 예상과 다른 자신에게 눈을 떴다. 그가 혐오하고 수치스럽게 생각하고 통절한 증오심마저 느끼는 대상은 일본 여자들이었다. 그 강인함이 참을 수 없었다. 그 생생한 추함이 참을 수 없었다. 그것들은 여자였고, 그것들이 성기였다. 그는 패배감을 느끼고 있었다. 죽어버려라, 이런 것들은. 숨 쉬기가 힘들었고 굴욕은 신지의 목에 걸려 있었다.

"그건 싫지." 대기실로 돌아오니 아다치가 신시의 어깨를 두드렸다. "그야 우리도 일본인이니까 일본 여자가 그들의 장난감 취급받는 걸 보고 화가 안 날 사람은 없을 거야."

신지는 살짝 웃었다. 뺨이 얇은 막을 붙인 것처럼 굳어져 아다치의 오해를 푸는 것도 귀찮았다. "그래도 금방 익숙해질 거야. 금방 아무렇지도 않게 돼. 그냥 생각하는 게 바보 같아져."

"우리처럼요." 오기무라가 말했다. "그래." 곧바로 아다치가 대답했다. "맞아요, 무관심이야말로 우리의 위생법, 윤리니까요." 밴드맨들의 가벼운 만담 같은 대화라고 치부할 수도 있지만 왠지 그 말은 신지의 가슴 깊이 새겨졌다. 하지만 신지는 후에 자신이 그 말을 주문처럼 반복하게 되리라고는 생각하지 못했다. 그는 충분히 자신이 다른 사람들에 대해 무관심하다고 그때는 믿고 있었다.

"미인은 한 명도 없었어." 신지는 일부러 침착한 목소리로 말했다.

아다치는 웃었다. "음, 이 녀석, 배짱이 좋네. 벌써 평가도 하고 말이야."

원래 병원이었던 곳을 개조한 천장이 높은 홀은 세 번째 무대쯤부터 급격하게 손님이 줄기 시작해서 바로 살풍경해졌다. 푸른색과 붉은색 조명도 사라지면 그곳은 실내 경기장과 비슷하다. 천장에 철골이 들어가 있고 둥그렇게 돌출된 플로어가 내려다보이는, 삼면으로 위로 갈수록 높아지는 계단식 교실 같은 좌석이 있었다. 어느 정도 밝은 빛이 떨어지는 플로어와 그 좌석 경계에는 수많은 테이블이 빙 둘러 놓여 있었고 병사들은 한결같이 어두운 그곳에서 술을 마셨다. 거기에 검은 정장 차림의 여자가 있었다.

그 여자는 거의 테이블에서 일어나지 않았다. 뺨에 옅은 미소를 띤 채 여자는 플로어에서 움직이는 사람들에게 나른한 시선을 보내고 있었다. 검은 정장을 입고 가슴에 진주 같은 목걸이를 건, 희고 목이 긴 그 여자는 확실히 눈에 띄게 아름다웠다. 신지는 문득 그 어두운 구석으로 빨려 들어가는 느낌이 들었다. 요란한 교성과 고함 소리, 연주와 직원들의 소리로 어수선한 와중에 그곳만 뻥 뚫린 듯 소리가 없는 세계가 열려 여자의 주변에만 특별히 고요하고 맑은 공기가 맴돌았다. 그 공기가 여자를 감싸고 있었다. 특별히 그 아름다움이 신지를 사로잡은 것은 아니었다. 여자는 피곤하고 무기력한 표정을 짓고 있었다. 번쩍번쩍하는 생생한 원색의 인상이 강렬한 다른 여자들과는 달리 검은 정장을 입은 여자에게는 어떤 희박한, 무료함을 내 것으로 만든 사람의 조용한 침착함이 느껴졌다. 하얀 주먹을 입에 대고 여자는 조그맣게 하품을 한다. 손을 뻗어 정면에 앉은 병사의 가슴에서 뭔가를 집어 올리고 그것을 어깨를 펴면서 바닥에 떨어뜨렸다. 그리고 그대로 오랫동안 바닥을 바라보고 있었다. 뺨의 미소는 지우지 않았다.

그 테이블에서는 대화를 하는 기색이 거의 없었다. 상류층은 아니더라도 검은 정장 차림의 여자는 중산층 가정의 역사와 습관을 지닌 사람처럼 보였다. 젊은 미망인을 떠올리게 하는 그 검정 일색의 옷차림 속에서 창백하고 매끄러운 피부가 유난히 맑아 보였다.

마지막 무대의 손님은 세 팀밖에 없었다. 두 팀은 연주 중에 플로어를 떠났다. 검은 정장을 입은 여자의 일행만 남았다.

상대는 금발에 무테안경을 쓴 조용한 소년 같은 느낌의 키가 큰 오장(伍長, 군대 계급 중 하나로 최하위 하사관에 해당함)이었다. 신지는 그 여자가 끝까지 그 상대 이외의 남자와는 춤을 추지 않았다는 사실을 깨달았다. 두 사람은 말없이 바닥에 미끄러지듯 움직인다. 품위 있는 정식 스텝이 이어졌다.

웨이트리스와 보이들이 무표정하게 주변을 정리하

기 시작했다. 밴드는 마지막으로 '굿나잇 스위트하트 (Goodnight Sweetheart)'를 연주했다. 여자의 입술은 작고 빨 갰다. 목 뒤로 묶은 머리는 길고 검은 폭포처럼 곧게 늘 어져 등에서 천천히 좌우로 움직이고 있었다.

곡이 끝나간다. 하지만 손을 맞잡고 서로의 눈동자 를 바라보는 두 사람의 다리는 멈출 줄 몰랐다. 오기무 라가 눈짓을 했다. 밴드는 모티프를 한 번 더 반복했다. 신지는 숨을 죽이고 여자를 바라봤다.

두 사람은 플로어 중앙에 와 있었다. 알토 색소폰이 마지막 부분을 연주하자 두 사람은 춤을 멈췄다. 밴드 맨들이 일어섰다.

그때 여자는 출구로 향하려는 오장의 팔꿈치를 잡고 무대를 보고 작게 가슴 앞에서 박수를 쳤다. 재촉하듯 살짝 오장을 어깨로 건드렸다. 오장도 손뼉을 치기 시 작했다. 사람이 없는 홀 안에서 간간이 두 사람의 박수 만 울려 퍼졌다. 막이 내려가기 시작했다. 밴드 사람들 은 한꺼번에 고개를 깊이 숙였다.

* * *

"정말 춥다." 돌아오는 트럭 안에서 오기무라의 목소리는 날아가 어둠 속으로 사라졌다. 바람은 차갑고 거셌다. 바람을 피하려면 자세를 낮춰야 한다. 신지는 스틱을 넣은 구 일본군의 총알 상자에 앉아 갈 곳 없는 양손으로 어깨를 감싸고 고개를 움츠리고 있었다.

"이제 곧 겨울이야, 다치, 능력 좀 발휘해서 다음부터는 버스라도 불러줘야지, 참기 힘들어." 고바야시가 말했다. 아다치는 자는 것 같았다.

갑자기 등 뒤로 요란한 소리가 울리며 도로에 뭔가가 굴러떨어졌다. 트럭은 급브레이크를 밟으며 멈춰 섰고 사람들은 나가떨어지듯 바닥에 나동그라졌다. "이런, 뒤에 판자가 떨어져 나갔네." 아다치가 이렇게 말하며 어둠 속에서 느릿느릿 바닥을 기어갔다.

병사가 내려가 판자를 다시 달고 "하하, 너무 늦었다고 생각하나?" 하고 말했다. 일본인들은 무기력하게 웃었다.

"사람이 밖으로 떨어지지 않게 부탁할게." 아다치가 일부러 밝은 목소리로 말했다.

"불평이 있나? 그럼 걸어가." 병사는 날카롭고 언짢은 목소리로 말했다.

가림막 안은 조용했다. 기침 소리도 내지 못했다. 그때 누군가가 아부하는 것 같은 짧은 웃음소리를 냈다. 병사는 가슴을 뒤로 젖히고 있었다.

라이터를 켜고 병사는 손목시계를 봤다. "흠, 1시네." 앞으로 돌아가는 군화 소리가 멈추고 갑자기 익숙한 소리가 들렸다. 병사가 바퀴를 향해 소변을 보는 것이었다.

"우릴 무시하는 거야." 신지가 중얼거렸다. "모욕적이네."

"아니, 저건 우릴 모욕하는 게 아니야." 아다치가 끼어들었다. 그 목소리의 위치로 보아 조금 전의 웃음소리가 아다치임을 알 수 있었다. 아다치는 '습관의 차이'라고 태평스럽게 말했다. "놈들은 항상 차에 대고 해. 차를 더럽히거나 조심성이 없는 게 아니야. 풀숲이나 나무에 하는 우리랑은 다르게 놈들에게는 단지 그걸 보이지 않도록 하는 게 중요해. 그래, 그러니까 절대로 우리처럼 길 구석 같은 데 하지 않아."

"흠." 신지가 말했다.

"쉽게 화내지 마, 보야." 아다치가 어깨를 기댔다. "저

녀석들도 재수가 없어서 화가 난 거야. 우리를 데려다 주고 6시까지 돌아가야 해. 그래서 당번 병사들이 모두 투덜거리는 거야."

"그런 것도 이제 익숙해질 거야." 뭔가 빈정거리는 말투로 형이 말했다. 트럭이 출발했다. 바로 속도를 높여 어둠 속에서 엔진이 단조로운 소리를 내기 시작했다.

"보야, 다음에도 그 자리에 앉아줄래?" 아다치가 말했다. "페이는 한 번에 400엔 줄게."

신지는 고맙다고 말했다.

"내친김에 드럼을 배울 생각은 없어?" 신지는 가만히 있었다.

"꽤 소질이 있어, 너."

아다치는 쿵쿵거리며 웃었다. 신지는 가만히 눈을 감았다. 새로운 습관이 자신에게 생기려고 한다. 신지는 그것을 견디듯 지금쯤 일본인 여자들이 보여주고 있을 모습을 상상했다. 놈들이 엉거주춤한 자세로 과장되게 허리를 휘저으며 돌격한다. 여자들은 신음하며 땀을 흘리며 장단을 맞춘다. 그런데 그게 어쨌단 말인가. 요컨대 놈들은 모은 돈을 일주일마다 끊임없이 쏟아붓는 하나의 수도꼭지일 뿐이다. 그런 건 아무래도 좋아. 아무래도 좋아. 이런 생각을 하면서 신지는 어금니를 꽉 깨물고 눈을 감았다.

＊ ＊ ＊

악단은 요코하마의 카바레에서 주로 일했지만, 거기서 신지는 그저 짐을 나르거나 악보를 돌리기만 하면 되었다. 지가사키에는 매주 수요일에 일을 하러 갔다. 일을 시작하기 전에 탱커스인 무대에서 아다치가 꼬드겨 신지는 한두 번 드럼을 쳐봤다. 둔탁한 반응이 전해지는 스틱의 느낌이 기분 좋았다.

"댐 비트!" 신지가 드럼을 정렬하고 스틱을 잡자 아다치가 말했다.

"자, 한 번 두드려봐! 보야, 괜찮아!"

'보야'는 어느새 신지의 호칭이 되어버렸다. 신지는 드럼을 쳤다. 양 팔꿈치를 몸통에 붙이고 발가락으로 박자를 맞추며 밝은 전등 불빛이 비추는 사이드 드럼을 마음껏 연타하고 마지막으로 심벌을 한 번 두드렸다. 그 소리가 아직도 귓가에서 떨리고 있었다.

"좋아!" 아다치가 붉은 바닥을 밟고 걸어왔다. "드럼의 첫 번째 소리를 댐 비트라고 해. 어때? 느낌이 좋지?"

"기분은 좋아요." 신지가 대답했다.

"제법 힘이 있어." 아다치는 스틱을 만지며 말했다. "가르쳐줄까, 내가?"

"아다치 씨가?" 신지가 말했다. 예전에 들었던, 미군에게 오른손 힘줄이 끊겨 스틱을 잡지 못하게 된 드러머의 이야기가 문득 그의 머릿속을 스치고 지나갔다. 그 남자의 이름은 듣지 못했다. 그 사람이 아다치일지도 모른다고 생각했다.

아다치는 평소처럼 능글맞은 미소를 짓고 있었다. "보야, 지금부터는 나를 다치라고 불러." 그는 말했다.

"근데 난 프로가 될 생각은 없어요."

"뭐 어때. 그냥 내가 좋아서 가르치고, 보야는 배우는 거야. 그냥 그뿐이야."

그냥 그 정도의 이야기라고 신지도 생각했다. 아다치의 과거를 묻는 것은 쓸데없는 짓이다. 남의 신상은 나와 상관없는 이야기다. 그에게 맡겨진 건 그 자신뿐이다. 무대막 너머로 웅성거림이 커졌다. 곧 막이 오른다.

"이상하네. 저 검은 여자가 오늘은 벌써 와 있어." 무대에 올라온 오기무라가 말했다.

"그래, 나도 봤어. 항상 같이 오는 백인놈이랑 또 같이 왔어." 아다치가 말했다.

"항상 같은 상대와 오는구나."

"검은 정장 입은 여자? 만날 끝까지 있어요." 신지가 오기무라에게 말했다.

"맞아, 그 미인." 오기무라는 대답하고 피아노 뚜껑을 열었다. 더 이상 '검은 여자'에 대해서 말하는 사람은 없었다. 그것이 사람들이 신지의 눈앞에서 그녀에 대해 주고받은 처음이자 마지막 말이었다.

신지는 갑자기 어깨가 굳었다. 신지는 갑자기 그 여자, 하고 생각했다. 그 무렵 신지는 그 여자가 슬로 이외에는 절대 춤추지 않고, 그것도 금발의 오장이 아니면 결코 춤추려 하지 않는다는 것을 알고 있었다. 여자는 항상 상복 같은 검은 옷을 입고 있었다. 저 야비하고 요란한 원색의 소용돌이 속에서, 그리고 우리 굴복의 상징이나 다름없는 그 여자들 속에서 문득 그 존재기 믿을 수 없는 듯한 기분이 드는 여자. 하나의 환상에 가까운 여자……. 내가, 아다치의 제안을 받아들여 무대에 나가려고 생각한 것도 거기에 있으면 그녀를 충분히 볼 수 있기 때문이 아닐까.

'검은 여자'는 바의 반대쪽 먼 구석 테이블에 앉아 있었다. 검은 드레스를 입고 늘 그렇듯 악단이 슬로를 연주할 때만 오장에게 팔이 잡혀 플로어로 걸어 나왔다. 트로트나 룸바가 나오면 그녀는 먼저 자리로 돌아갔다. 지르박과 부기가 시작되면 고개를 갸웃하고 어깨를 뒤로 빼며 웃었다. 오장도 자연스럽게 그녀를 따라 자리로 돌아갔다. 어느 무대나 마찬가지였다. 다만 그 밤에는 머리를 위로 묶어 올리고 있었다. 뒷머리를 꼬아 올려서 속발한 머리를 뒤로 높이 올려서 등을 돌리면 숨이 멎을 것 같은 훌륭한 목덜미가 보였다.

브러시스틱을 잡은 손은 거의 기계적으로 움직였다. 신지는 그쪽으로 향한 마음을 알고 있었다. 확인하려는 듯이 지켜보고 있었다. 도시 여자가 틀림없다고 생각했다. 나이는 스물다섯, 여섯쯤일까? 조금 더 나이가 들었을지도 모른다. 오장과 그녀는 그러고 보니 어딘가 누나와 남동생 같은 느낌도 강했다. 마치 나이 많은 유부녀가 젊은 애인에게 하는 듯한 상냥하고 어른스러운 행동이 보였다. 눈꼬리가 길고 치켜 올라간 눈으로, 테이블에 앉아 있을 때는 턱을 살짝 당기고 그 눈으로 어딘가 멀리 높은 곳을 바라보고 있다. 여자는 소리를 내어 웃지도 않는 것 같았다.

검은 옷을 입은 여자가 플로어를 가로질러 똑바로 무대 가까이 다가온 것은 이미 상당히 손님이 줄었을 때였으니까 10시는 지났을 것이다. 놀라서 신지는 여자를 쳐다봤다. 하지만 여자는 신지가 있는 오른쪽 끝과는 반대 방향인 피아노 가까이 다가갔다.

"'딥 퍼플(Deep Purple)', 쳐주세요."

분명하고 맑은 목소리로 말했다. 발음도 깔끔했다. 오기무라가 고개를 끄덕이고 단원들에게 신호를 보냈다. 딥 퍼플은 슬로였다.

"뭐야, 뭘 신청한 거야?" 노란 옷을 입은 여자가 말했다.

"딥 퍼플." 버릇인지 고개를 약간 기울이고 여자는 오장에게 팔을 잡힌 채 노란 옷의 여자를 쳐다봤다.

"그게 뭐야? 그거, 내가 아는 거야?"

"슬로야. 진보라." 여자는 친절하게 대답하고 얼굴을 돌렸다. 그때 신지와 눈이 마주쳤다. 신지는 눈을 피하지 않았다.

검은 옷을 입은 여자는 잠시 깜짝 놀란 듯한 눈으로 그를 보고 있었다. 음악이 시작될 때까지 몇몇 순간 여자는 신기한 듯 화난 것 같은 강한 눈빛의 그를 바라봤다.

가슴이 저렸다. 하지만 신지는 눈을 떼지 않겠다고 결심했다. 음악이 시작되고 오장과 춤을 추기 시작할 때, 확실히 여자는 신지에게 미소를 지은 것 같았다. 무테안경을 낀 우등생 같은 오장은 장신의 가슴을 예의 바르게 떼어놓고 춤을 추기 시작했다.

신지는 들뜬 마음으로 생각했다. 아마도 그녀는 온리(제2차세계대전 후 특정한 외국인 한 사람을 상대하는 매춘부)일 것이다. 하지만 어쩌면 돈이나 물건으로 바꾸기 위한 관계가 아닐지도 모른다. 내 바람대로, 좋은 가문의 딸로 피난 온 그녀와 이 청년 오장은 진짜 연애, 결혼을 하기로 정식 약속을 한 관계인지도 모른다. 신지는 오히려 축복받아야 할 존재를 바라보듯 두 사람을 쳐다봤다. 오장은 북유럽계일 수도 있다. 역시 교육을 잘 받은 상류층 자제처럼 보였다.

마침 악보를 넘기고 오기무라의 지휘를 기다리는 동안 그의 눈길을 눈치챈 밴드맨은 없을 것이라고 그는 생각했다. 그래서 다시 같은 방법을 썼다. 마지막에 다같이 기립하여 인사할 때 박수를 치는 그녀의 얼굴을 쳐다보며 신지는 고개를 숙이지 않았다.

행복은 하나의 선명한 아픔과 비슷했다. 그녀가 자신을 기억할 것이라는 생각에 그의 가슴은 뛰었다. 흥분은 돌아가는 트럭 안에서도 계속됐다.

11월이 끝나가는 몹시 추운 밤이었다. 아다치가 수완이 좋은 건지 아니면 당연한 처사인지 돌아올 때는 안개에 젖은 대형버스가 문 앞에 서 있었다. 두 사람씩 앉는 좌석이었다. 신지는 맨 앞자리에 앉았다.

외투의 옷깃을 세우고 자리에 웅크리고 앉아 있는 형들을 뒤로한 채 신지는 추위를 잊고 있었다. 그날 밤도 검은 옷의 여자는 마지막 무대까지 남아 있었다. 뒤쪽 절반 정도까지 악기와 악보 꾸러미를 놓고 거의 만원이 된 버스 안에는 시내로 나가는 듯한 젊은 병사 하나가 있었다.

버스는 부들부들 떨면서 곧장 바다로 향했고, 허탕을 쳤는지 이미 일을 마쳤는지 길가로 드문드문 여자들이 걸어갔다. 여자들은 대개 혼자는 아니었고, 두 여자가 외투를 같이 뒤집어쓰고 있기도 했다.

여자들은 일본인의 무력함을 잘 알고 있다. 그녀들은 매달리듯 버스 양쪽으로 바짝 달라붙어 미군에게만 시내까지 태워달라고 계속 부탁한다. 하지만 버스는 속도를 늦추려 하지 않았다. 병사가 일어서서 껌을 씹고 있는 운전사의 어깨를 두드렸다.

"내 여자야. 부탁해."

"거짓말하지 마. 네 여잔 시내 침대에서 기다리고 있잖아."

"쟤도 내 여자 중 한 명이야."

"한 명이야? 여자들은 매춘부 전쟁으로 시끄러우니까 곤란해. 혼자라면 괜찮아."

불그스름한 얼굴의 일병 운전사는 이병같이 보이는 상대에게 잘난 척을 하며 겨우 버스를 세웠다. 그리고 밖으로 뛰어나갔다.

"한 명뿐이야. 날 따뜻하게 해줄 사람은 하나뿐이야."

바다 냄새가 섞인 엷은 안개가 차갑게 흘러들었다. 응석을 부리기도 하고 휘파람을 불기도 하면서 웅성거리는 일본인 여자들을 옆에 나란히 세우고 운전사는 껌을 뱉고 히죽거리며 한 사람 한 사람 턱을 들어 올리며 음미했다. 여자는 대여섯 명 있었다. '검은 여자'의 모습은 보이지 않았다. 안개가 전조등 불빛 속에서 움직이고 있었다.

운전사는 가장 키 큰 여자를 골랐다. "네 자리는 여기다." 여자는 병사의 무릎에 가볍게 걸터앉아 팔로 목을 감았다.

"하하!" 운전사는 뒤돌아보며 신지에게 웃어 보였다. "목숨 조심해." 버스가 달리기 시작했다. 이병은 뒷자리에서 잠자코 있었다.

담요 같은 외투를 입은 여자는 술에 취해 눈을 가늘게 뜨고 있었다. 절구 같은 엉덩이를 가지고 있었다. 외투 아래로 금빛 털이 난 붉고 큰 미군의 손바닥이 그 가슴을 움켜쥐고 있었다. 고개를 흔들거리며 여자는 "떨어져. 안으려면 제대로 안아줘"라고 일본어로 말한다. 길은 곧게 해안을 따라 나 있었다.

"간지러워, 무슨 짓이야." 여자는 화난 듯이 말했다. 운전사는 물듯이 그 입술에 키스했다. 잔뜩 힘을 준 오른팔로 핸들을 잡고 있었다.

달라붙은 뺨이 신지의 눈앞에 있었다. 운전사는 억지로 입술을 빼는 것을 멈추지 않았다. 여자의 얼굴은 일그러졌고 억지로 떼어내자 타액이 하얗게 선을 그렸다. 여자는 "이 원숭이 같은!" 하고 일본어로 말했다. 하지만 웃는 얼굴을 만들어 보였다. "굿." 운전사는 손을 놓았다. 버스 바닥에 여자가 꼴사납게 나자빠졌다. 운전사는 큰 소리로 웃기 시작했다.

순간적으로 신지는 눈을 돌렸다. 뒤쪽의 밴드맨들을 바라봤다. 밴드맨들은 졸고 있었다. 죽은 듯이 모두 눈을 꼭 감고 자고 있었다. 이병은 무심하게 창밖을 내다보고 있었다. 운전을 하면서 운전사는 사이렌처럼 크게 웃었다. 신지는 고개를 돌렸다. 아무것도 하지 않고 아무 말도 하지 않고 모른 척하고 있으면 되는 것이다. 나역시 눈을 감고 있어도 되는 것이다. 그는 의자 팔걸이를 꼭 붙잡고 괴로운 듯 살짝 입술을 연 채 무언가가 목구멍으로 내려가기를 기다렸다.

"이렇게 하면 되나." 명령을 받은 여자는 순순히 이번에는 뒤에서 운전사의 목에 매달려 볼을 바싹 옆에 붙였다. "그래, 그렇게 있어. 내가 너와 같이 천국에 갈 순없지. 그렇지?" 전방을 바라보며 운전사는 계속해서 웃었고, 여자는 태연히 엉덩이를 흔들며 허밍으로 유행가를 부르기 시작했다.

여자가 차 안에 있는 그를 비롯한 일본인들을 완전히 무시하고 눈으로라도 구해달라고 요구하지 않는 것이 신지를 더 깊이 찔렀다. 무관심은 서로 마찬가지였다. 분명 밴드맨들과 점령군 종업원들과 매춘부들은 서로 그들의 사이에 완전한 무관심의 벽을 만들고 있었다. 마치 그것이 당연한 것처럼 각각의 부락 안에서만 살려고 했다. 신지는 괴로웠다. 그도 익숙해져야 했다.

긴장감이 가득한 밤이었다. 시내까지는 아직 거리가 있었다. 신지는 이마를 유리에 대고 창밖을 바라봤다. 전조등이 비춰 길 한쪽으로 비켜선 한 여자가 눈에 들어왔다. 신지는 놀라서 숨을 멈췄다. '검은 여자'였다. 눈이 부신 듯 손으로 눈을 가리고 올려다보는 여자의 눈이 빛났다. 여자의 외투는 회색이었다. 곧 버스가 섰고 그녀가 올라타 옆에 섰다. 내 옆에 앉았다. 한순간 신지는 그런 상상을 했다. 하지만 버스는 속도를 줄이지 않았다. 술에 취한 여자의 음란한 허밍과 운전사의 바보 같은 웃음소리를 싣고 버스는 지나갔다. 신지는 고개를 돌려 창밖으로 뒤쪽을 봤다. 잠깐 멈춰 선 여자의 모습은 곧 어둠 속으로 숨어버렸다. "아!" 하고 그는 말했다. 낮은 목소리는 밖으로 나오지 않았다.

신지는 이제까지 그 정도의 심한 공백을 느낀 적이 없었다. 공백은 그의 옆자리에 있었다. 한 좌석만 빈 갈색 가죽 시트에 흔들리는 버스의 불빛이 쓸쓸하게 떠 있었다. 그는 거기서 이루지 못한 자신의 간절한 희망을 본 것 같았다. 그곳으로 와주길 바랐다. 그 공간을 그녀의 부드러운 감촉으로 메우고 싶었다. 그는 허탈한 듯 좌석에 등을 기댔다.

은방울이 계속 울리는 듯한 공백이 그를 채우고 있었다. 그녀가 혼자였다는 것, 그리고 살풍경한 심야의 길을 걸었다는 것, 그것이 기쁘면서도 슬펐다. 신지는 갑자기 깨달았다. 신지는 그의 숨겨진 살갗이 얼얼할 정도의 찬바람을 맞고 있었다. 열일곱의 신지는 어린아이였다. 그는 하나도 소년 티를 벗지 못했다. 그는 그 해안의 어두운 길을, 누나 같은 검은 옷을 입은 여자와 둘이서 손을 잡고 어디까지라도 걸어가고 싶었다. 겨울의 어둠 속으로 사라지고 싶었다.

그날 밤에는 시내에서 가마쿠라에 간다는 중위가 올라탔고, 버스는 좁은 지름길로 이리저리 들어갔다. 자포자기한 듯한 운전사가 급하게 달리자 나뭇가지에 창문이 깨지면서 알토 색소폰의 아오키가 머리를 다쳤다. 버스는 3시가 넘어서도 요코하마에 도착하지 못했다.

＊＊＊

신지는 생활이란 하나의 반복이 아닐까 생각했다. 많든 적든 사람들은 반복하면서 살고 있다. 드럼을 치는 밴드보이의 생활이 그에게 생겼다. 그는 점점 익숙해지는 자신을 느낄 수 있었다.

칙칙한 원색으로 물든 시끄러운 웅성거림, 땀과 피, 매춘부와 병사들의 거칠고 생생한 소리 등 신지는 미워하거나 괴로워하는, 무력한 데다 가난하기까지 한 현실을 외면하려 했다. 그것들은 신지라고 하는 단 하나의 밀실을 둘러싼 껍데기에 대한 자극, 껍데기를 단련시키는 계절성 폭풍우에 불과하다. 신지에게는 껍데기를 단단하게 만드는 것만 중요했다. 그는 반감을 가진 자신의 그 감각을 지움으로써 반감을 없애려고 노력했다. 그런 거의 의식적인 무감각이 바깥 세계에, 그리고 바깥 세계에 대한 무력감에 익숙해지게 만들었다. 다만 익숙해지려고 자신이 혼자만의 방을 만들었는지 아니면 그 반대인지는 그도 알 수 없었다. 그런 건 아무래도 좋았다. 그는 조개껍데기 안에 틀어박힌 조개처럼 뭔가를 회피하는 것을 배우기 시작했다.

보이나 매춘부들로부터 담배를 강매당하고 신지는 그 브로커에 대해서 생각했다. 그렇다면 군인들과 직접 거래해야 돈이 남는다. 그는 아다치와 한 패가 되어 그 것을 파는 쪽이 되었다. 한 갑에 300엔이 남는다. 하룻 밤에 세 갑을 가지고 나오는 것은 수월했다.

"너 담배로 꽤 벌고 있는 것 같더라." 어느 날 형이 말 했다. 그는 가만히 있었다. 보스턴백에 옮겨놓은 담배 는 교과서 등과 함께 방 한쪽 구석에 놓여 있었다.

"어디에 쓸 거야?" 형은 말했다.

"글쎄."

"여자?"

"그렇게 좋은 일은 없어."

"어둠의 브로커 같은 거나 돼서."

신지는 가만히 있었다. 형과 싸울 생각은 없었다. 무 슨 말을 꺼내면 으레 형은 패전 후 넋이 나간 사람처럼 전혀 일을 하려 하지 않는 아버지 욕을 한다. 그리고 병 으로 드러누운 엄마도 엄마라고 투덜거린다. 형과의 말 다툼은 결국 귀찮게 제자리만 빙빙 돌다가 형의 부모님 에 대한 욕과 푸념으로 끝나는 것을 알고 있었다. 신지 는 일부러 하품을 했다. "나가줘. 공부 좀 해야 돼."

"흠. 다치에게 얼마를 주는 거야?"

"150엔."

"절반인가."

"그렇게 되어 있어."

"네가 하는 일이야. 분명 그 이상의 마진으로 팔고 있 겠지. 카바레에서 파는 거야?"

"여기저기. 카바레는 너무 값을 깎아서 손해야. 전에 아르바이트하던 회사랑 가게가 있어. 학교만 해도 의외 로 비싸게 팔려."

"빈틈없네." 형은 밝은 목소리로 말했다. "너 다시 보 인다. 절대 손해 보는 거래는 안 할 사람 같다."

신지는 대답하지 않고 사전을 집었다. 형의 말투는 가끔 상관처럼 느껴졌다. 그게 싫었다.

아래층에서 갑자기 아침 공기를 가르는 듯 셋방의 아 기가 새된 목소리로 한껏 목 놓아 울기 시작했다. "짜증 나는 목소리야. 저건 원숭이 소리지." 난간에 기댄 채 형은 얼굴을 찡그렸다. "미쳐버릴 것 같아." 대답하면서 신지는 형이 자신에게 무슨 말을 하고 싶은지 알고 싶 었다.

형은 밝은 어조로 말했다. "학생 밴드도 이미 유행이

지난 직업이야. 하지만 난 말이야, 트럼펫을 불면 기분이 좋아. 전 세계 어느 시대 어떤 나라의 악보에도 쓰인 적이 없는 높은 음. 응?"

"또 암스트롱(Daniel Louis Armstrong, 미국의 재즈 트럼펫 연주자)이야?" 그는 빈정거렸다. 형은 가끔 술에 심하게 취해서 그 말을 외치곤 했다.

"네 드럼은 어때?" 일부러 아까처럼 밝게 형이 물었다. "매주 배우고 있지?"

"그런 거……." 그가 말했다. "하나도 진심이 아니야. 다치의 비위를 맞춰주는 거지. 지금 다치에게 외면당하면 곤란하니까."

형의 걱정은 이거였구나 하고 신지는 생각했다. 아니나 다를까 형은 안심한 듯 휘파람을 불며 아래층으로 내려갔다. 교과서를 들다가 뭔가 눈치를 채고 신지는 보스턴백을 열었다. 펠멜이 두 갑 더 들어 있었다.

"젠장." 그는 말했다. 이런 친절을 베푼 형에 대한 기묘한 분노가 그를 덮쳤다. "그래, 이만큼 돈을 돌려주면 되지." 그는 중얼거렸다. "내일 돌려줄 거야." 나 자신은 혼자 감당하고 싶었다. 나라는 부담에 대해 누구의 도움도 원하지 않았다. 내가 원하는 것은 오히려 외로움을 확실하게 만들어주는 대상, 즉 단순한 거래 상대나 적일 뿐이라고 생각했다.

산 위의 대학에서는 같은 학년의 음식점 아들 정도가 좋은 장사 상대였다. 그리고 보수정당 간부의 아들. 그는 항상 외투 안주머니에 100엔짜리 지폐를 3만 엔 정도 쑤셔 넣고 다녔다.

신지는 이들에게 한 갑당 500엔을 남기고 담배를 파는 데 성공했다. 자신이 굉장히 빈틈없는 남자로 느껴졌다. 자신의 냉혹함을 충분히 믿을 수 있을 것 같은 그 느낌이 기분 좋았다. 신지는 열렬히 냉혈을 바라고 있었다.

"그래, 우리는 조직을 더 확대해야 해."

"응, 이제 곧 놈들은 학내 세포의 존재를 정식으로 금지할 거야. 그건 알고 있어."

빈 보스턴백을 가지고 옥상에 올라가니 학생들이 입에 거품을 물고 열띤 논쟁을 벌이고 있다. 신지는 그들과 자신이 무관하다고 느꼈다. 그런 것은 아무래도 좋다, 한 사람 한 사람이 각각 자신만 행복해지려는, 그 노력 이상의 어떤 책임감을 부여받고 있다는 것인가. 하지만 신지에게는 그 반발을, 우연히 거기에 있던 중학교부터 같이 다닌 친구에게 말로 표현하는 정도의 아이 같은 모습은 아직 남아 있었다.

"이상한 남자네" 하고 말이다. 그 해쓱한 학생이 대답했다. "불행한 아이다. 넌 바보야."

"어쩔 수 없어. 난 나일 뿐이니까."

대학교 건물 옥상에서 붉은 벽돌담을 사이에 둔 외국 대사관의 정원이 내려다보였다. 거의 잎이 다 떨어진 나무의 군데군데 뼈처럼 시들어버린 색깔 사이로 납빛으로 빛나는 연못이 보였다. 거기서 새가 날아올랐다.

옥상의 가장자리에 가슴을 대고 신지는 문득 말했다. "여기서 아래로 떨어지면 죽으려나."

"유도를 했으면 살 수 있을지도."

"채석장 같네, 아래는."

"그러면 무조건이야. 죽는다."

이렇게 대답하고 친구는 그를 들여다봤다.

"야, 오바타, 여자한테 차이기라도 했냐?"

깜짝 놀라서 그는 웃음을 터뜨렸다. "어이없네. 난 아무도 사랑하지 않아."

햇살이 환하게 비쳤다. 이상기후라던 그 겨울은 봄처럼 포근한 날이 이어지고 있었다. 그해 수업도 곧 끝난다. 안경을 빛내며 햇볕을 쬐면서 노트를 옮겨 적느라 여념이 없는 모습도 보인다. 완벽히 준비된 자신의 노트를 생각하면서 등록금도 얼마 남지 않았다는 생각이 들어 신지는 기분이 산뜻했다. 부드러운 겨울 햇살을 받으며 옥상의 콘크리트 표면에 질질 끌리는 듯한 소리를 내면서 대여섯 명이 나란히 서서 춤 스텝을 배우고 있었다. 가르치는 사람이 손뼉을 치며 다가왔다. 팔꿈치를 수평으로 하고 구부정한 자세로 비틀비틀 걸어오던 사람이 그에게 말을 걸었다.

"어이, 너도 배우지 않을래? 춤 못 추지?"

"얼만데?"

"한 사람당 1회 20엔." 가르치는 학생이 뒤돌아봤다. "어때?"

"슬로를 가르쳐줘." 신지가 말했다. "슬로만 배우면 돼. 다른 건 별로 배우고 싶지 않아."

스텝은 간단했다. 하지만 친구들이 아무리 권해도 그는 다른 스텝을 배우지 않았다. 연습은 점심시간만으로 충분하다고 생각했다.

"이제 충분히 잘하네. 이제는 리드하는 거, 실제로 해보고, 음악에 맞추는 거."

"땡큐. 이제 괜찮아."

형의 악단에서 아르바이트를 한다는 것은 아무에게도 말하지 않았다. 신지는 흔쾌히 20엔을 지불했다. 스텝을 배운 대가가 고작 이걸로 끝났다는 것도 그는 만족스러웠다.

* * *

소나무 숲에 둘러싸인 지가사키의 미군 전차부대는 주위에 가시철사로 된 높은 울타리가 쳐져 있었다. 그것 때문에 때때로 야전의 설영지나 수용소에 있는 것 같은 느낌을 준다. 결코 도시의 세련된 철망이 쳐져 있는 것이 아니다.

탱커스인의 뒷문을 나서자 가시철사가 감긴 울타리 너머로 어린 솔잎이 겹겹이 검은 구름 위에 겹쳐진 듯 빛났고 어디에 쓰는지 알 수 없는 키가 큰 철주 왼쪽으로 북극성이 선명하게 빛나고 있었다. 완만한 언덕 너머의 변두리 주택지는 두세 개의 먼 불빛으로만 보였다.

새콤한 케첩 소스와 향긋한 빵 냄새가 따뜻하게 풍기

는 주방 방충망 앞을 지나 마른 모랫길을, 산더미처럼 쌓인 드럼통 앞을 빠져나와 걸어갔다. 화장실은 홀에서 멀리 떨어진 소나무 숲 근처였다.

부대에 도착하면 추위 때문인지 단원들은 바로 화장실에 간다. 신지는 그들이 돌아오면 엇갈리게 항상 홀로 나왔다. 그동안 악보 거치대와 악보 등을 정리하기도 했고 추운 밤에 혼자 어슬렁거리며 걷는 것을 좋아하기도 했다. 가끔 웨이트리스가 방충망을 열고 갓 구운 빵과 로스트비프 같은 것을 주었다. 크리스마스 저녁에는 작은 칠면조 고기를 주기도 했다.

여자들은 "보야!" 하고 그를 불렀다. 그는 일일이 고마움을 표했다. 신지는 그 여자들의 호의를 가장 어린 사람에 대한 애정일 뿐이라고 생각했다.

부대의 풍경은 언제나 똑같다. 매우 밝은 여러 개의 조명이 전후좌우로 그를 비추어 밤이라기보다는 언제나 낮고 좁고 어두운 하늘을 가진 대낮 같았다. 항상 일정한 밝기의 빛이 부드럽게 부지를 덮고 있어 그에게 부대의 풍경은 언제나 똑같은 밤일 뿐이었다.

그 빛으로 흐릿해진 공간에 희고 잔 선을 찬란하게 빛내며 비가 내리는 날도 있었고, 밤하늘에 무수히 빛나는 별들이 그 높이를 알려주며 맑게 개는 날도 있었다.

바닷바람이 세찬 날에는 한낮 같은 밝은 빛 속에서 그 차가운 밤바람이 얼굴을 씻겨주듯 그의 뺨을 흔들었다. 입구로 몰려드는 사람들을 바라보면서도 그는 천천히 걷는 걸음을 멈추지 않는다. 여자들은 각각의 친구들에게 초대받는 것이 아니면 문으로 들어올 수 없다. 문밖에서 큰 소리로 병사의 이름을 부르거나 손을 흔들어 신호를 보내며 웅성대는 여자들 속에서 신지는 항상 검은 옷의 여자를 찾았다. 문으로 달려가는 병사들 속에서 금발의 오장을 찾으려 했다. 시작 전에 보지 못한 날은 무대 중간중간 화장실에 가는 척하며 찾으러 갔다. 신지는 보는 것만으로도 좋았다. 여자는 미군에 의해 가로막혀 있었다. 그것을 확실히 하는 것만이 기껏 그가 할 수 있는 일이었다. 여자를 본다. 스며드는 것처럼 선명한 공백에 사로잡혀 그는 멈춰 선다. 그를 흡수하고 그를 무로 돌아가게 만드는 그 이미지가 그에게는 생활에 필요한 것으로까지 느껴졌다. 자신을 투명하게 만드는 힘에 그는 늘 목말라 있었다.

＊＊＊

오기무라가 말했다. "보야, 시험공부 하기 힘들지?"
어수선한 연초가 지난 수요일에 신지는 평소대로 악보
를 가지러 요코하마의 그의 집에 와 있었다.

"별거 아니에요. 수업은 거의 안 쉬니까요." 신지는
대답하면서 일단 보따리를 등에 짊어졌다. 신곡 재즈
악보는 구하기가 어려운 시절이었다. 병사들에게서 사
는 히트곡 모음에도 신곡이 전부 들어 있지 않았기 때
문에 자연스럽게 사보가 많아지면서 악보 꾸러미는 점
점 무거워지고 부피가 커졌다. 그것을 옮기는 것은 당
연히 신지가 할 일 중 하나였다.

"괜찮아?" 함께 밖으로 나와 오기무라가 물었다. "몸
은 괜찮아?"

"네?"

"형이 걱정했어, 너 힘이 없어 보인다고."

"몸은 안 좋은 데는 없어요."

형의 쓸데없는 참견에 신지는 화를 내며 대답했다.
"완전 건강해요, 저."

오기무라는 안심한 듯 웃었다. "뭐야, 아무렇지도 않

아? 형이 그만두게 하고 싶다고 하니까……. 보야, 그러면 계속할 생각 있어?"

"있어요." 신지는 정말 의외라는 듯 말했다. 거짓말이 아니었다. 좀 더 벌지 않으면 등록금을 낼 수 없었다. 누가 뭐라고 해도 이 아르바이트가 제일 남는 장사였다.

"그래." 오기무라는 생각에 잠겼다. "그러면 보야, 넌 정말 드러머가 될 생각은 없니?"

"음, 그건." 그는 머뭇거렸다. "치는 건 기분 좋지만."

"흠. 다치의 이야기랑은 다르네." 전찻길로 나오며 하얀 목도리를 한 오기무라는 고개를 갸웃거렸다.

"다치 이야기는 또 달라. 다치는 너를 우리 드러머로 만들고 싶어 해. 그래서 다른 녀석을 안 뽑아."

"나는 밴드보이예요." 신지는 말했다. "다치한테는 생각 좀 해보겠다고 얼버무렸지만요."

"그렇군. 그런데 그건 좀 곤란한데. 드러머는 꼭 필요하니까." 혼잣말처럼 말하고 오기무라는 차를 세웠다. 택시는 사쿠라기초 역으로 해가 지는 거리를 달리기 시작했다.

"그래도 다치에게는 아직 확실히 말하지 않을게. 그게 좋지? 그 녀석은 이상하게 발끈하는 게 있으니까."

오기무라가 말했다. "요즘에 밴드가 다 눈코 뜰 새 없이 바쁘고 어차피 그렇게 금방 드러머가 눈에 띄는 것도 아니니까. 어쨌든 조금 더 해주면 고맙겠어." 그는 다시 반복했다. "조금만 더. 응?"

"네. 그렇게 할게요."

신지는 강한 눈빛으로 가슴에 안은 보따리 뒤로 창문을 스쳐 가는 활기찬 거리를 바라봤다. 아무래도 해고를 예고하는 것 같았다. 조금만 더. 오기무라의 말을 입 속에서 되뇌었다.

갑자기 뜨거운 것이 가슴으로 흘렀다. 조금만 더 하는 거다. 기회는 많지 않다. 그동안 나는 그녀의 피부를 안아야겠다. 그녀의 피부 냄새를 맡자. 꼭 한 번은 그녀와 자고 말 거야.

미군이 화려한 코트를 입은 여자를 데리고 거리를 걸어간다. 새해에 있었던 맥아더 원수의 성명은 종전 이후 다섯 번째 새해를 맞은 통치의 안정을 강조했고, 점령군 병사들이 거리를 걸어가는 모습은 이미 쇠사슬에 묶인 개보다 더 친숙한 모습이 돼버렸다. 미군은 긴 다리에 달라붙은 구두닦이 아이를 쫓아내고 웃으며 여자의 어깨에 팔을 두르고 함께 창을 들여다보며 과장된 몸짓을 했다. 소나무 장식이 달리고 거리 이름이 쓰인 더러운 기둥이 몇 개나 차창을 지나갔다. 차도로 튀어 나온 빨간 코트의 여자가 인도를 돌아보며 마지못해 웃으며 고개를 흔들었다. 택시가 여자의 등 바로 옆을 지나갔다. 인도에 입을 크게 벌리고 눈을 번뜩이는 음탕한 미군의 얼굴이 있었다.

신지는 이제 안다. 그 금발의 오장을, 그는 분명히 증오하고 있었다. 떠올리지 않으려 했던 광경이 눈에 선했다. 그 후에 돌아오는 버스 안에서 해안길을 걸어가는 '검은 여자'를 한 번 본 적이 있다. 회색 외투를 입은 그녀는 모자를 쓴 금발의 오장에게 완전히 안겨서 웃고 있었다. 검은 옷의 여자를, 역시, 나는 매춘부로밖에 생각하지 않는 건가. 신지는 미군에게 바쳐진 그 하얀 피부를 생생히 의식하고 있었다. 그의 슬픔은 자신의 무력함이고 괴로움은 질투가 분명했다.

* * *

"도대체 오늘이 뭘 축하하는 날이라는 거야?" 고바야

시가 말했다. 그는 조금 화를 냈다. "갑자기 숙박을 해야 한다니……, 그건 좀 심한데."

"어쩔 수 없잖아. 상대가 기분 좋게 부탁하는데. 해주자. 앞으로의 취소가 무서워." 긴 턱을 내밀며 아다치가 대답했다. "저기, 마스터."

"어쩔 수 없지."

오기무라는 순한 남자였다. "다들 괜찮지?"

"시험이 있어요." 신지가 말했다. "내일 3교시에 영어 시험이 있는데요."

"3교시? 그럼 오후지? 괜찮아, 아침 기차로 돌아올 수 있어."

아다치는 허둥지둥 외투를 다시 걸쳤다. "맞다, 숙소에 이야기를 해야지."

"그때 갔던 데야?" 고바야시가 물었다. 아오키가 이어서 말했다. "거기? 크리스마스 때? 진짜 별로잖아."

"아니, 거기밖에 없단 말이야. 숙소가. 군대가 데려다주지도 않고, 만약 그 숙소에서 거절이라도 하면, 너 노숙해야 돼."

2월의 첫 수요일이었다. 나중에 안 일이지만 일부 간부 사관에게 본국 귀환 명령이 떨어진 날이었다. 병사들은 아마 자신들의 송환도 임박했다고 생각하며 기뻐했을 것이다. 그것이 바로 그 수요일이었다.

하지만 장교는 밴드의 손님이 아니었다. 악단은 병사를 위해 초대된 것이다. 본국으로 돌아가는 것은 일부 장교들이었지만 병사들의 호들갑은 이상할 정도로, 빨리 무대를 열라는 휘파람 소리와 고함 소리가 대기실에서도 시끄러울 정도였다. "오늘 밤은 엄청나겠어." 형은 히죽거렸다. "대체로 손님이 흥분하면 할수록 재즈는 연주하기 좋아."

형의 트럼펫이 우렁차게 '두잉 왓 컴즈 내추럴리(Doin' What Comes Naturally)'를 불기 시작했다. 그 곡이 테마였다. 막이 다 오르기 전부터 병사들은 한목소리로 외치고 있었다.

"내추럴리! 내추럴리!"

신지도 흥분하기 시작했다. 스틱 두 개를 두드리면서도 습관처럼 그는 이글거리는 눈으로 즐겁게 춤추는 병사와 여자들 너머로 '검은 여자'의 모습을 찾았다. 신지는 아직도 그녀에게 다가갈 기회를 찾지 못했다. 다만 그는 지가사키에 올 때마다 모아둔 만 엔 정도의 지폐 다발을 안주머니에 넣고 오는 것만은 잊지 않았다. 혹

그 1년 · 123

시라도 만일의 경우가 왔을 때를 생각하고 있었다. 현실에서 돈이 없으면 사람이 무엇을 잃게 되는지 그는 알고 있었다.

환기가 잘되지 않는 홀에는 희뿌연 담배 연기가 자욱하고 한겨울인데도 땀이 날 것 같은 열기는 미국인 특유의 냄새와 술 냄새 풍기는 호흡과 뒤섞여 점점 농도가 진해지고 있었다. '검은 여자'는 두 번째 무대 중간에 들어왔다. 그녀는 무대를 향해 오른손, 그러니까 오른 팔로 드럼을 치는 신지에게서 거의 5~6미터밖에 떨어지지 않은 첫 번째 테이블에 자리를 잡았다. 신지는 가슴이 두근거렸다. 아마도 유난히 빠른 손님들이 홀을 빨리 메웠기 때문이겠지만 그녀가 그렇게 가까이 자리를 잡은 것은 처음이었다. 드물게 그녀는 춤추는 사람들에게 환한 미소를 지어 보이고 두 손으로 박자를 맞추듯 모두와 함께 박수를 쳤다. 옆에는 평소와 같이 오장이 앉아 있었다.

신지는 고개를 숙였다. 여느 때처럼 그녀를 볼 때마다 그를 구속하는 절망이 다시 그를 붙잡았다. 그녀의 피부를 생각하는 데는, 그녀가 보여서는 안 된다. 유방이나 엉덩이나 피부, 성기로서의 여자보다 눈에 보이지만 앞이 가로막힌 존재로서의 그 '검은 여자'에게 더 귀중한 것, 더 열정적인 것, 더 큰 사랑을 바치는 나를 알 것 같은 기분이 들었다. 겁이 많고 어리고 도망가는, 건강하지 못한 꿈에 대한 고집일 수도 있다. 그러나 신지는 그녀를 보고 화석처럼 자신이 하나의 깨끗한 공백으로 채워지는 기쁨, 꽉 찬 공백 그 자체로 변해가는 쾌감을 버릴 수 없었다. 그는 지고 싶었다. 자신이 아니라 그녀에게 지고 싶었다. 현실에 무력한 나에게, 내가 완전히 동화되는 것, 기화하는 것, 그녀에게 완전히 점유되는 것이 유일한 소망이었다. 그의 소원은 자신이 그녀를 소유하는 것이 아니었다.

이것이 늘 반복되는, 그녀를 눈앞에 두고 하는 생각이었다. 신지는 입술을 깨물었다. 결국 나는 그녀에게 손가락 하나 대지 못할 것이다. 손가락 하나라도 건드린다는 것은 그녀가 그녀가 아닌 것이 되는 것이다. 봐라, 난 지금 그걸 두려워하고 있다. 신지는 스틱을 바꿔 쥐고 마치 분노를 터뜨리듯 몸을 굽혀 온 힘을 다해 드럼을 세게 내리쳤다. 발톱으로 드럼의 페달을 밟으며 정신없이 처음부터 코러스까지 연주했다. "와우." 고바야시가 뒤를 돌아보고 입술을 동그랗게 만들었다. 신지는 어깨를 으쓱하고 혀를 내밀었다.

"훌륭한데, 보야."

막이 내리고 고바야시가 말했다. "다치 옛날 모습이 생각났어. 녀석도 꼭 그렇게 살기등등하게 했거든."

"고바야시." 오기무라가 낮은 목소리로 말했다. 그답지 않은 날카롭게 가라앉은 목소리였다.

"미안." 고바야시도 바로 말했다.

신지는 단원들의 규칙을 알 수 있었다. 그들은 결코 아다치의 과거에 대해 말하지 않았고 아다치 역시 아무 말도 하지 않았다. 레슨 때마다 결코 스틱을 잡지 않는 아다치가, 신지는 형이 이야기한 힘줄이 끊긴 드러머라는 사실을 알고 있었다. 신지도 그것을 언급하지 않았다. 하지만 신지는 자신 이외의 것에 대한 의식적인 거절과 습관을 지킨 것뿐이다. 단원들이 서로의 과거나 사생활을 건드리지 않는 것은 단결을 위한 하나의 힘이자 방법이었다. 지금은 신지에게도 그것이 나쁠 이유가 없었다.

대기실에서 아다치는 언짢은 얼굴로 의자에 앉아 있었다. "난폭하게 치는 것만이 능사가 아니야." 그가 낮게 말했다. "보야, 너 요즘에 힘을 주고 치면 항상 히스테리를 부리는 여자 같아." "오늘 밤은 거칠 거 같다." 오기무라가 평소의 느긋한 목소리로 말했다. 신지는 손님들을 말하는 것이라고 생각했다.

거칠어지는 기색이 확실히 짙어지면서 평상시에는 절대 들어오지 않는 장교가 홀에 온 것은 다음 무대 중간이었다. 입구 가까이 있던 병사들의 소리가 두 동강이 나는 것을 신지는 보았다. 투명한 술병을 한 손에 들고 시뻘건 얼굴을 한 미군이 하얀 이를 드러내고 웃으며 들어왔다. 곱슬머리가 심한 매부리코 장교였다.

나중에 든 생각이지만 그는 본국으로 돌아가는 장교들 중의 하나였을 것이다. "스테이트, 스테이트"라는 말이 섞인 병사들의 사담을 들었지만 신지는 아직 그런 사정은 몰랐다.

멕시코 사람처럼 목이 굵고 짙은 갈색의 곱슬머리를 가진 땅딸막한 남자였다. 신지는 처음부터 그 정력적인 인상이 마음에 들지 않았다. 병사들의 구호와 휘파람 소리에 사관은 한 손을 흔들며 춤추는 사람들 사이를 헤치고 무대 앞으로 걸어왔다. 자세히 보니 남자는 소위였다.

마침 홀에는 래그타임의 빠른 리듬이 흐르고 있었다.

형은 시뻘건 얼굴로 열심히 B플랫의 하이노트를 계속
불고 있었다. 형의 이마가 땀으로 반짝였다.

한 손에는 진처럼 보이는 술병을 축 늘어뜨리고 소위
는 그를 피해 춤을 추는 병사와 여자들을 빤히 쳐다봤
다. 그 눈이 오른쪽 구석 테이블에서 멈췄다.

신지는 다른 데 정신이 팔렸다. 손동작은 잊고 있었
다. 소위는 곧장 검은 드레스의 여자가 있는 테이블로
걸어갔다. 그리고 내던지듯 테이블 위에 진을 놓았다.

고개를 갸웃하고 눈을 치켜뜨고 웃으며 고개를 좌우
로 흔드는 '검은 여자'의 동작으로 소위가 춤을 신청했
다가 거절당한 것을 알았다. 오장이 옆에서 뭐라고 했
고 소위가 크게 어깨를 으쓱했다.

하지만 소위는 포기한 것이 아니었다. 그는 떼를 쓰
듯 고개를 흔들며 검은 드레스의 여자에게 다가가더니
갑자기 손을 잡아 자기 쪽으로 당겼다. 의자가 소리를
내며 넘어졌다.

스틱이 완전히 멈췄다. 오장도 의자를 뒤로 빼고 일
어서며 팔짱을 꼈다. 얼굴은 창백했고 화가 나 있었다.
그러나 장신의 오장은 무테안경을 벗지 않았다. 완력으
로 상관과 싸울 생각은 없었던 것이다.

다른 여자들에게는 흔한 일이었고 누구나 말없이 웃으며 지켜보는 것이 보통이었다. 하지만 그 '검은 여자'가 오장하고만 춤을 춘다는 사실을 분명히 알고 있는 병사들이 잠자코 지켜보고 있는 것이 신지는 화가 났다. 대부분의 병사는 모르는 척 계속 춤을 추고 술을 마셨다.

여자는 곤란한 듯 난처한 미소를 지었다. 소위는 여자를 억지로 플로어로 끌고 나와 가슴을 껴안았다. 무릎을 굽히고 리듬에 맞춰 어깨를 들썩였다. 춤추기 시작했다. 그런데 여자의 다리는 두 발짝 만에 멈췄다. 비틀거리며 여자는 고개를 흔들었다. "안 돼요. 저는 빠른 곡은 안 좋아해요." 신지는 그 여자의 목소리가 들리는 것 같았다.

여자는 정말 미안한 듯 미간을 찌푸리고 웃었다. 여자는 하얗고 조그만 턱을 당기고 지렛대로도 움직일 수 없다는 듯 소위를 바라봤다. 소위는 고개를 흔들며 다시 춤을 추려 했다. 여자는 허리를 비틀거렸다. 여전히 웃는 얼굴로 다시 무슨 말을 하더니 고개를 흔들었다.

두 사람은 바로 눈앞에 와 있었다. 신지는 앞뒤 상황을 잊고 있었다. 자리에서 일어나 이번에 소위가 춤을 추려고 하면 드럼을 밀어젖히고 달려들 생각이었다. 하지만 소위는 팔을 놓았다. "쏘리." 그는 한마디만 남기고 여자를 떠났다. 바로 붉은 옷을 입은 살찐 여자와 춤추는 소위의 모습이 보였다.

테이블로 돌아온 여자는 오른손으로 왼쪽 팔꿈치 부근을 누르고 있었다. 화가 난 얼굴은 아니었다. 오장이 몸을 숙여 뭐라고 말하자 여자는 부드럽게 고개를 저었다. 언제나처럼 나른한 미소를 짓고 있었다.

오장은 여자를 끌어안고 인파를 뚫고 출구로 향했다. 테이블에는 투명한 진 병과 함께 맥주 한 병과 여자 손수건이 놓여 있었다. 신지는 갑자기 썰물처럼 텅 비어버린 자신의 마음을 느꼈다. 브러시스틱을 다시 잡았다. 사이드 드럼을 치는 손에는 힘이 들어가지 않았다. 여자는 소위를 피해 오장과 산책하러 나간 거다, 꼭 다시 돌아올 거다, 이렇게 생각하려고 했다.

하지만 여자는 그 무대 중에는 다시 나타나지 않았다. 돌아올까, 이제 오늘 밤은 나타나지 않을까. 신지는 그것만 생각했다. 오늘 그 여자는 길게 머리를 늘어뜨리고 있었다. 진주 목걸이는 하지 않았다.

소위에게 이끌려 플로어로 나와 그의 앞으로 다가왔

을 때 그는 여자의 얼굴을 찬찬히 바라볼 수 있었다. 여자의 눈은 살짝 그늘이 졌고 눈동자를 움직이면 눈꺼풀에 미세한 주름이 잡히는 것 같았다. 목은 도자기처럼 매끈하고 하얗고 길었다. 대기실에서 신지는 가만히 고개를 숙이고 앉아 있는 것이 힘들었다. 그는 무대에 올라가 두꺼운 막 뒤에서 홀을 살짝 들여다보았다. 병사들이 줄어들기 시작했고 빈 테이블 몇 개를 보이가 닦고 있었다. 손수건은 아직 그 테이블 위에 있었다. 신지는 대기실 모퉁이를 돌아 뒷문으로 나갔다. 밤은 얼음에 닿은 것처럼 차가웠다. 생각을 고쳐먹고 신지는 외투를 가지러 대기실로 돌아왔다. 화장실에 간다고 하면 된다. 아다치가 말을 걸었다. "어이, 이제 10분 정도밖에 안 남았어. 쉬는 시간." 신지는 계획대로 대답했다.

주방 앞을 지나가는데 뒤쪽 방충망이 열렸다. "보야" 하고 부르는 소리가 들렸다. "이거." 흰색 앞치마를 두른 마른 여자가 알루미늄 컵을 건넸다. 뜨거운 초콜릿이 담겨 있었다.

"뜨거워서." 그는 웃었다. 달콤하고 뜨겁고 진득한 액체는 몸을 따뜻하게 해줬고 맛있었지만 그는 마음이 급했다.

"어디 가? 화장실?" 여자는 물었다. 눈썹이 엷고 이목구비가 작은 여자였다.

"산책." 그는 대답했다.

"그래, 그러면 나 화장실 갈 건데 바래다주지 않을래?" 여자가 말했다.

"근데……." 신지는 머뭇거렸다. '검은 여자'가 신경이 쓰여 찾으러 간다고는 말할 수 없었다. 여자는 쉽게 오해했다. "괜찮아. 혹시 시간이 신경 쓰이면 그거 마시면서 같이 걸어가면 돼."

여자는 허름하고 두꺼운 반코트를 입고 나왔다. 신지는 어쩔 수 없이 나란히 드럼통 앞을 걸어갔다.

"그 외투, 꽤 작네." 여자는 목구멍으로 웃었다. 그의 가슴 정도 오는 키였다.

"근데 아직 새것이나 다름없어. 아버지한테서 산 거야."

"음? 아버지한테서 샀다고?"

"응, 깎아서 할부로."

"뭐? 할부……?"

보기에도 가슴이 납작하고 코가 작은 소녀는 자세히 보면 사랑스러운 얼굴이었다. 앞머리만 내놓은 채 머리에 흰 천을 쓰고 귀 뒤로 묶고 있었다. 머리를 뒤로 젖히고 여자는 웃기 시작했다. "정말 걸작이네."

"아버지도 돈에 쪼들리거든."

"음……." 여자는 갑자기 웃음을 멈췄다. 나지막하고 나이 든 목소리로 말했다. "그래서 너도 꽤 힘들지." 신지는 컵에 입을 댔다.

컵은 화장실에 도착하기도 전에 다 비웠다. 여자가 볼일을 볼 때까지 기다리면서 신지는 문을 바라봤다. 밤은 친숙했다. 여자와 함께 나갔던 병사들이 몇 명이나 문밖으로 나갔다. 오장과 '검은 여자'는 보이지 않았다. 역시 돌아가 버린 걸까. 그는 컵을 손가락으로 빙글빙글 돌리면서 화장실 뒤쪽을 걸었다. 독립된 형태로 되어 있는 화장실 뒤쪽의 거친 자갈밭의 어둠 속에서 간혹 입을 맞추는 남녀를 보곤 했기 때문이다. 하지만 거기에도 사람은 없었다.

기묘한 소리가 들린 것은 그 직후였다. 날카로운 신음 소리 같은 것이 바로 끊어져 신지는 무슨 일인지 알 수 없었다. 이어서 이번에는 분명한 비명 소리가 허공을 갈랐다. 신지는 화장실로 뛰어갔다.

"싫어!" 울음이 터질 듯한 굵은 목소리가 들렸고 신지는 일부러 큰 발소리를 내며 문을 열었다. "싫어, 싫어" 하는 목소리가 누군가가 입을 막은 듯 뭉개졌고 벽에 뭔가가 부딪치는 소리가 들렸다. 눈앞에 군복을 입은 움츠린 넓은 등이 보였고 그 양쪽으로 두툼한 여자의 분홍색 치마 끝단이 보였다.

"뭐 하는 거야!" 그는 있는 힘을 다해 소리를 질렀다. 짙은 갈색의 곱슬머리 남자였다.

추잡하게 진땀을 흘리던 얼굴이 뒤를 돌아봤다. 그 소위였다. "그만둬. 뭐 하는 거야!" 신지는 흥분해서 소리쳤다. 그가 허리를 휘감자 그제야 소위는 손을 뗐다.

새파랗게 질린 여자의 다리는 막대기같이 말라 보였다. 몸과 어울리지 않는 굵은 목소리로 "싫다고" 하고 다시 소리를 질렀다.

"보야." 여자는 떨리는 목소리로 울기 시작했다. 쓰고 있던 흰 천은 바닥에 떨어져 진흙으로 더러워졌고 머리는 누가 쥐어뜯은 것 같았다. 여자는 흐느껴 울면서 좁은 구석에 주저앉아 있었다.

흰 천 조각이 사뿐히 신지의 신발 위로 떨어졌다. 찢어진 여자의 바지라는 것을 금방 알 수 있었다.

"갓뎀." 숨을 헐떡이며 심한 매부리코의 소위는 바지 위를 움켜쥐고 있었다. 매섭게 쏘아보는 듯한 뜨거운 시선이 신지를 향했다. 신지도 가슴이 스칠 듯한 거리에서 가만히 노려보고 있었다.

두꺼운 고무 같은 입술을 삐죽이며 소위가 히죽 웃었다. "농담이야." 그는 말했다.

"나가." 영어로 말하며 신지는 출구를 가리켰다. 두꺼운 어깨를 추스르며 소위는 밖으로 나갔다. 소위는 여전히 헐떡이고 있었다.

여자는 울음을 멈추지 않았다. 신지가 치켜 올라간 코트를 내려주고 일으켜 세웠다. "괜찮아? 다친 데 없어?" 여자는 흐느끼면서 끄덕였다. "돌아가자." 신지가 말했다.

여자는 가늘게 떨고 있었다. 부축하여 화장실 밖으로 나갔다. "보이." 어둠 속에서 목소리가 울려 퍼졌다. 신지는 여자의 떨림이 점점 격해지는 것을 느꼈다. "가자." 그는 말했다.

"보이." 목소리가 또 울렸다. "할 얘기가 있어. 지금 일은 내가 잘못했어." 목소리는 끊질겼다. "와봐. 좀 와보라고."

"혼자 돌아갈 수 있겠어?" 신지는 물었다. "아니, 아니." 여자는 떨리는 눈으로 올려다봤다. "그럼 여기서 기다려."

신지는 화장실 뒤쪽으로 갔다. 어화 같은 담뱃불이 빛을 발하며 소위의 얼굴이 떠올랐다. 담뱃불이 어둠 속으로 사라졌다. 그 순간 맹렬한 펀치가 신지의 턱으로 날아왔다. 신지는 뒤로 나자빠져 모래 위로 쓰러졌다.

왼쪽 턱에서 입술까지 뜨거운 뭔가가 붙은 것 같은 둔중한, 그리고 통렬한 아픔이었다. 눈앞에 별이 보였고 신지는 한동안 일어나지 못했다. 얼굴을 만졌던 손바닥이 미끈거렸다. 입술이 찢어져 있었다.

입안에도 피가 났다. 그는 일어나서 침을 뱉었다. 몸이 불안정하게 흔들렸다. 그는 겨우 서 있는 것밖에 할 수 없었다.

"헤이!" 하는 소리가 들렸다. 소위는 신지의 팔을 잡고 있었다. "저 여자가 너의 스위트하트냐?"

"노." 신지가 과격하게 말했다.

"아니야? 흠, 그럼 넌 뭔데 여자를 따라왔어? 왜 나를 말렸지? 쓸데없는 짓이라고 생각 안 해?"

"저 여자는 내 애인이 아니야." 소위가 어깨를 흔들자 뼈에 얼얼한 통증이 느껴졌다. 신지는 신음 소리를 내며 턱을 손으로 눌렀다.

소위는 목소리를 높였다. "야, 웨이트리스! 이쪽으로 와."

"왜 부르는 거야!" 신지는 숨이 찼다. "여자는 올 필요 없어."

상관하지 말라고 소위는 말했다. 그리고 큰 소리로 또 고함을 질렀다. 모습을 드러낸 여자는 추운 듯 두 팔로 코트 위로 가슴을 감싸 안고 있었다. 여자는 달려와 신지에게 매달렸다. "피!" 여자는 이유를 묻지 않았다. 겁에 질려 신지를 꽉 안았고, 두 사람은 다리로 서로를 지탱했다.

"이 소년은 너의 스위트하트지?" 소위는 천천히 여자에게 반복해서 말했다. "어? 스위트하트? 애, 인?"

"예스." 여자가 떨면서 말했다.

"봐, 이 비겁한 놈아." 소위는 얄밉게 손가락을 뻗어 신지의 이마를 쿡쿡 찔렀다. "여자가 말한 거 들었지?"

"아니야, 우린 연인이 아니야." 굴욕을 참으면서 신지는 낮게 말했다. 머리가 욱신거렸다. "그런 거 아니야. 그냥……."

"이건 뭐야?" 소위는 알루미늄 컵을 내밀었고 그걸로 신지의 머리를 쳤다. "몰래 뭐 받았지?"

소위는 낄낄 웃었다. "저기 떨어져 있었어." 턱을 치켜올렸다. 신지는 가만히 있었다.

"가." 소위가 말했다. "나는 아무 말 하지 않을 거야. 그러니까 너도 가만히 있어. 됐지?"

"가자." 신지가 여자에게 말하고 걷기 시작했다.

"잠깐만." 다시 목소리가 울렸다. 밝은 목소리였다.

"뭐야, 또 뭐야?"

"너희에게 애인의 습관을 가르쳐줄게." 높은 웃음소리를 내며 소위는 신이 난 얼굴로 다가가 두 팔로 두 사람의 목을 감싸 안았다. 여자가 다시 소리를 질렀다.

"그만해, 뭐 하는 거야!" 신지는 필사적으로 저항하려고 했다. 언젠가 대기실에서 군인들이 술을 억지로 마시게 한 적은 있지만 이런 모욕은 다른 문제였다. 무슨 일인지 몰라 여자는 평평한 가슴을 젖히고 숨이 끊어질 듯한 소리를 내며 버둥거렸다. 신지는 목덜미가 잡힌 채 제압을 당해 뿌리칠 수가 없었다. 소위의 힘은 대단했다. 신지의 입술에 아직 눈물이 마르지 않은 여자의 뺨이 닿았다. 그것이 입술을 스쳐 지나갔다. "그만둬." 한 손으로 있는 힘껏 반코트를 밀어내고 소위의 팔에 손톱을 세웠다. 다시 소리치려고 했을 때 입술이 포개졌다. 억지로 목이 기울어졌고 여자의 차가운 입술이 그의 그것 안에 있었다. 이윽고 이와 이가 딱딱한 소리를 냈다. 소위는 겨우 놓아주었다. 비틀거리다가 신지는 다시 쓰러졌다.

"젠장." 신지는 벌떡 일어났다. 손에는 주먹만 한 돌을 움켜쥐고 있었다. 죽어도 좋다고 그는 순간적으로 생각했다. 그는 알 수 없는 고함을 지르며 손을 번쩍 들고 소위에게 돌진했다.

"뭘 하려고 그래?"

땅딸막한 소위는 가뿐히 몸을 옆으로 피했다. 신지는 비틀거리며 얼굴 중앙에 빨간 것이 격렬하게 작렬하는 것을 느꼈다. 어두운 하늘이 빙빙 돌더니 무너져 내렸다.

* * *

교실의 큰 유리창으로 밝고 보드라운 햇빛이 쏟아졌다. 학기말 시험이 있었다. 신지는 그 시험을 쳤다. 약간 부족한 돈은 담배의 회전자금으로 충당하고 신지는 신분증을 구할 수 있었다. 이제 담배 브로커도 할 수 없다. 그는 해고당했다. 요코하마와 지가사키는 그날이 마지막이었다.

종이 울렸다. 책상에 달라붙어 있던 두세 명이 고개를 들어 감독 교사를 찾았다. 신지는 천천히 등을 펴고 답안지를 가지고 교단으로 걸어갔다. 그 학년의 마지막 시험이었다. 가방과 외투를 챙겨 아직 한낮인 산 위로 그는 어슬렁어슬렁 걸어갔다.

마음은 역시 담담하고 공허했다. 그는 구불구불한 돌 언덕길을 내려가서 전찻길을 역과 반대 방향으로 걸어 봤다. 낡아빠진 작은 도리이(鳥居, 신사 입구에 있는 기둥 문)가 있었다. 신지는 도리이를 돌아 조용한 고급 주택 가로 들어갔다. 전면에 자갈이 깔린 현관 앞 넓은 주차 공간에 소형 외제 차가 한 대 세워져 있었다. 그는 대학 옆에 있는 외국 대사관 문 앞에 서 있었다.

특별한 목적지가 없는 산책이었다. 언젠가 옥상에서 본 납덩이가 가라앉은 것 같은 연못의 희미하게 빛나는 수면의 고요함이 그를 자극했다.

전쟁의 흔적인지 조그만 붉은 벽돌로 된 현관은 다 망가져 있었다. 지프를 세차하던 일본인 남자에게 말을 걸자 "잠깐만요"라며 안으로 들어갔다.

밖으로 나온 그 사람은 "좋아요. 들어오세요"라고 말했고, 신지의 학생모를 보고 웃었다. "학생의 학교 보트부가 꽤 잘하죠. 한 척을 여기서 기부했는데 얼마 전에 인사를 하러 왔어요." 그는 선량하고 말하기를 좋아하는 것 같았다.

"그래요?" 신지는 고개를 숙였다. 혼자 마당을 돌아봤다. 마른 잔디 위에 늘어선 눈잣나무 너머로 연못이 있었다. 햇살이 눈부셨다. 그는 자신이 지쳐 있다는 것을 느꼈다.

연못으로 내려가는 완만한 잔디 위에서 오랫동안 신지는 멍하게 있었다. 어느새 그는 잠이 들었다. 눈부시고 따뜻한 빛이 쏟아지는 것을 느끼며 그는 짧은 꿈을 꾸고 있었다.

그는 요코하마의 야마노테 클리프(클리프사이드. 요코하마에 있는 다목적 이벤트홀로 1946년에 야마노테 무도장으로 개업한 전설적인 댄스홀) 같은 곳에 있었다. 깔끔한 양옥과 양옥 사이에 있는 초록색 잔디밭에 누워 있었다. 그의 목은 여자의 무릎 위에 올려져 있었고, 그 여자는 '검은 여자'였다. "큰일 났어. 심하게 다쳤어." 검은 옷의 여자가 그렇게 말하며 손수건으로 그의 코를 누른다. 손수건이 순식간에 새빨간 피로 물든다. "걱정할 것 없어." 여자가 웃는다. "괜찮아?"라고 신지가 말한다. "바보네." 여자는 신지를 달래듯 흔들었다. 신지는 파란 하늘을 보고 있었다. "왜 그랬어? 힘도 없으면서." "분해 서. 분해……"라고 외치며 신지는 현실로 돌아왔다. 거 의 울음을 터뜨릴 지경이었다. 연못에는 오리가 은색 물꼬리 두 줄을 만들며 장식품의 자세 그대로 움직이고 있었다.

이제 끝이라고 그는 생각했다. 아마 다시는 그 여자 를 만날 수 없을 것이다. 내가 '검은 여자'에게서 본 것은 누나 같은 다정함, 나를 온전히 안아주는 다정함, 나를 투명하게 텅 비워주는 조용한 빛이었다. 나는, 나 자신 의 상실감을, 그 힘을, 그녀에게 바라고 있었다.

신지는 아다치의 오해를 떠올렸다. 그날 밤 의식을 잃 은 신지를 안아 일으켜 곧장 숙소로 데려가서 간호한 사 람은 아다치였다. 아다치는 신지가 검은 옷의 여자에게 끌리고 있다는 사실을 알고 있었다. "연주하는 동안 내 가 뭘 하고 있다고 생각하는 거야?"라고 그는 평소의 웃 는 얼굴로 말했다. 상대 남자가 통통한 곱슬머리의 소위 라는 것도 여자에게 들은 듯 아다치는 신지가 홀에서 '검은 여자'와 억지로 춤을 추려고 한 그 난폭함에 화가 나서 소위를 때리러 밖으로 나갔다고 생각했다.

"아니야." 신지가 말했다. "그런 거 아니야."

"그러면 왜 화장실에 간다고 했어? 화장실에 가지 않은 건 여자에게 들었어. 그 여자, 예뻐지기 전의 신데렐라 같은 여자더라." 아다치는 빈정거리며 코웃음을 쳤다. "그런 녀석 때문에 싸움이나 하고 참 어리석다."

"누구를 위한 것도 아니야. 싸움은 나를 위해 한 거야." 젖은 손수건으로 코의 열을 식히며 신지가 말했다.

"흠. 구실은 좋네. 잘도 그 오장한테는 주먹을 날리지 않았더라."

그걸 머릿속에 그려본 적은 없다고 말할 수 없었다. 신지는 입을 다물었다. "네 안주머니를 봤어." 아다치가 말했다. "어, 보야. 왜 그렇게 많이 들고 다니는 거야?" 신지는 안색이 변했다. "흠, 그 매춘부라도 살 작정이었나? 그 '검은 여자' 말이야."

대답을 할 수 없었다. 아다치의 목소리가 낮아졌다. "왜? 핵심을 찔렀어?" 시간을 두고 아다치가 다시 말했다. "그렇게나 좋아? 그 여자가?"

사흘째에 코의 상처는 아물었다. 저녁때가 되어 신지

는 오기무라의 집으로 갔다. 그곳에 아다치가 있었다. 응접실에서 아다치는 외투를 입고 있었다.

"보야, 이제 됐어." 커다란 보따리를 들려는 신지에게 아다치가 말했다. "카바레에는 내가 가지고 갈게."

"왜요?" 신지는 두 사람을 번갈아 쳐다봤다.

"너 이제 그만둬야겠어." 오기무라가 말했다. "조금 전에 결정됐어."

"아직 사정이 있어요." 신지는 말했다.

오기무라는 난처한 표정을 지었다. "형이 어떻게 해서든 그만두게 해달라고 하더라."

"그런데 나는 아직 조금 더……."

"상황이 좋지 않다고 하는데, 그 형편을 오바타는 돈으로 알고 있어. 아니야?" 아다치는 응접실 피아노 앞에 가서 앉았다. "나도 보야가 그만뒀으면 좋겠는데."

"왜요?" 신지는 다시 물었다.

"왜라니. 사정이야 어쨌든 군인과 말썽을 일으키면 안 되지. 운이 나빴다고 생각해."

"다행히." 아다치는 가죽 슬리퍼를 신은 다리를 흔들며 계속 말했다. "요전에 그놈은 나서지 않아서 괜찮았지만, 우리 입장에서는 이제 보야를 데리고 다닐 수 없어."

"맞은 것뿐이에요. 일방적으로 내가." 신지는 말했다.

"덤빈 건 잊었어?"

"이제 그런 바보 같은 짓은 안 할게요. 절대 안 할게요." 신지는 입술을 깨물고 낮은 목소리로 반복했다. "이제 아무것도 안 해."

아다치는 대답하지 않았다. 오기무라는 외출복인 검은 양복으로 옷을 갈아입었다. 그는 아무 말도 하지 않았다. 그리고 소파에서 일어나더니 방을 나갔다.

아다치는 "드럼 연습도 그만두자. 알았지?"라고 부드럽게 말했다. "보야가 드럼을 별로 좋아하지 않는 것도 알았어."

신지는 굳은 표정으로 피아노 위 꽃병에 가득 꽂힌 노란색과 흰색의 커다란 국화를 보고 있었다. "이거." 돌아온 오기무라가 흰 접착테이프로 붙인 봉투를 건넸다. 봉투에는 '퇴직금, 오바타 신지 님'이라는 아다치의 서투른 펜글씨가 쓰여 있었다.

"다른 거랑 헷갈릴까 봐 어머니에게 맡겼어"라고 오기무라가 말했다.

잔물결을 만들며 바람이 연못을 건넜다. 자세히 보니 수련 잎 그림자 아래 오래된 물 안에는 주홍색 잉어 한 마리가 잠겨 있었다. 잉어는 멈춰 있었다.

그 여자는 내가 억지로 한 키스에 대해 아다치에게 말하지 않았을까? 신지는 그런 생각을 했다. 신지도 말하고 싶지 않았기 때문에 잠자코 있었다. 하지만 이미 너무 늦었고 그런 건 아무래도 상관없었다. 그건 단지 입술을 억지로 가까이 댄 것뿐이었다. 여자의 감정에 대해서도 어쩔 수 없다고만 멍하니 생각했다.

베란다에서 어린 소녀와 소년이 인형을 가지고 놀고 있었다. 새된 소리를 내며 그 다섯 살쯤 된 소년이 잘 손질된 잔디 마당으로 내려갔다. 누나인 듯한 여덟 살 정도의 소녀가 팔을 들어 불렀다. 놀랄 정도로 하얀 팔이었다. 외국인 아이들은 모두 금발이었다. 신이 난 소년이 땅을 좌우로 뛰어다녔다.

소년은 감색 줄무늬 셔츠에 반바지, 소녀는 흰색 옷에 새빨간 숄을 두르고 있었다. 양복을 입은 외국인 신사가 방에서 나왔다. 신지에게 웃는 얼굴로 고개를 끄덕여 보이고 정원으로 내려와 조릿대 그늘에서 넘어질 뻔한 소년을 뒤에서 들어 일으켜 세워 팔에 안았다. 소녀가 무슨 말을 하며 앙상한 나뭇가지를 떨고 있는 은행나무 쪽을 가리켰다. 소녀는 그쪽으로 달려갔다. 그림자가 떨어졌다. 소년을 안은 신사가 몸을 굽혀 그 그림자를 주워 오른쪽 팔에 걸었다. 그림자로 보인 것은 붉은 숄이었다. 신사는 소녀를 따라 연못 반대편으로 달렸다.

신지는 일어섰다. 햇살이 약해지고 있었다. 문으로 발길을 돌린 그는 자신이 지금, 전혀 할 일이 없다는 것을 깨달았다. 새로운 아르바이트를 구해야겠다고 생각했다. 반들반들한 붉은 열매를 달고 있는 관목 앞으로 나와 걸었다.

* * *

형들의 악단은 지가사키에는 가지 않고 여전히 요코하마의 카바레를 본거지로 삼아 다치카와, 아사카, 아자부의 기병여단 등을 돌았다. 형은 좀처럼 집에 들어오지 않았다. 이미 여름으로 접어든 어느 날 밤, 새벽녘에 돌아온 형이 아다치의 죽음을 알렸다. 아다치는 자마의 오피서 클럽에서 한 병사에게 두들겨 맞아 쓰러진 뒤 난방기기의 굵은 철관에 머리를 부딪혀 순간 의식을 잃었다고 한다. 본인이 괜찮다고 해서 그대로 트럭을 타고 도쿄로 출발했는데, 얼마 안 가 의식을 잃었고 병원으로 옮겼을 때는 이미 사망했다고 한다. "트럭에서 떨어진 걸로 했어. 어차피 이렇게 된 거 그쪽이 포기도 쉬울 테니까. 그 녀석 누나도 말이야." 형이 말했다.

신지가 몇 달 만에 밴드맨들을 만난 것은 아다치의 쓰야(通夜, 장례식 전날 고인의 가족과 친구들이 고인과 마지막 밤을 함께 보내는 의식)에서였다. 늦은 밤, 단원들이 두 대의 택시로 가와사키의 아다치 집에 도착했다. 일을 마치고 온 것이다.

"보야, 오랜만이다." 고바야시가 아직 결혼 전인 아다치 누나가 내놓는 방석에 앉으며 말했다. "그 지가사키 때 이후로 처음이지?"

"우리도 요즘 지가사키에는 가지 않지만." 고바야시는 다정하게 신지 옆에 와서 수다를 떨었다. 그의 호흡에서는 희미하게 술 냄새가 났다. "잘은 모르지만 요즘 저녁 때까지 불당 옆 바닷가에서 상륙용 주정 훈련을 한대."

"적전상륙?" 하고 신지가 물었다. 한국전쟁이 시작된 지 한 달이 지나가고 있었다.

"탱크를 싣고?" 그가 말했다.

"글쎄, 거기까지는 못 들었어. 그런데 뭐든 다 영화 같다고 해. 이렇게, 정면이 네모나고 평평한 판처럼 된, 바다색을 한 주정에서 말이야. A3인지 뭔지, 하여튼 거기만 하얗고 분명하게 글씨가 쓰여 있어. 그게 맹렬한 속도로 다가오거나 대피하거나, 에노시마가 보이는 바다에서 빙글빙글 새하얀 파도를 일으키면서 연습을 하고 있대. 알아? 그 판 같은 건 육지로 다가오면서 동시에 앞으로 내려오게 되어 있어."

"고바야시 씨는 전쟁에 나갔어요?" 신지가 말했다.

"뭐야, 나 오기무라랑 너의 형과 동갑이야. 이래 봬도." 고바야시는 풀이 죽은 듯 입을 비쭉거렸다. "농담이 아니라, 우리 중에 전쟁을 아는 사람은 다치뿐이야."

"다치가?"

"그래, 그 녀석은 저래도 포츠담 중위(포츠담 선언 이후 중위로 진급한 사람)야."

신지는 몰랐다. 고바야시는 당황해서 조금 전 이야기로 돌아갔다. "하늘에는 비행기가 날고 있어. 앞바다에는 구축함이 죽 늘어서 있고. 있지, 난 전쟁이라는 것을 좋아해. 얼얼할 정도로 그 시절이 그리워. 뭐라 해도 하루하루를 충실하게 살았어."

문득 신지는 자신이 고바야시와 마찬가지로 어디선가 전쟁을 바라고 있다는 사실을 깨달았다. 진홍빛 피가 선명하게 자신의 가슴에서 흩어지는 상상에는 이상하게 선명하고도 강렬한 감동이 있었다. 6월 25일 이후 신지는 두려워하면서 기다리고 있었다.

하나의 계절이 이미 확연히 등을 돌린 것이 느껴졌다. 바주카포, F86F, MiG-15. 약한 미국의 모습은 의외였다. 뭔가 간단하지 않은 변화가 일어나고 있었다. 그는 엄청나게 두꺼운 구름이 길모퉁이에서 불쑥 모습을 드러낸 것처럼 그 동란을 의식하고 있었다. 반드시 전쟁은 일어날 것이라고 그는 판단했다. 감정에는 분명 기대도 섞여 있었다. 그는 전쟁의 꿈만 꾸었다. 비정상적인 것, 그 자신이 완전히 단독으로 존재할 수밖에 없는 상태로 움직이는 상황은 공포인 동시에 어딘가 그의 꿈의 세계와도 비슷했다. 그것은 푸른 하늘이 지상에 내려온 것처럼 깨끗하고, 눈부시고, 정확하게 사람들이 각자 단독으로밖에 존재할 수 없는 순수한 세계, 즉 원형의 세계다.

"그런데 말이야." 아오키가 말했다. "지가사키의 부대도 지금은 흑인과 한국군이 많아서 밤마다 망향의 흑인

영가와 서글픈 조선 민요의 구슬픈 가락이 들린다는 거야. 전쟁은 아무래도 상관없지만, 나는 그 활기찬 부대가 그리워. 뭐라고 해도 밝고 비교적 질이 좋았어."

"그러면 거기 미군은?" 물은 사람은 오기무라였다.

고바야시가 대답했다. "출정을 나갔대, 전부. 이제 백인은 교관뿐이야. 친구 이야기로는."

선향을 꺼뜨리지 않으려고 가만히 있던(일본에서는 선향의 연기가 고인의 식사가 되고 정토로 가는 길잡이가 된다고 생각함) 형과 함께 신지는 첫 전차를 타고 오오모리의 집으로 돌아갔다. 전차에는 불이 켜져 있었다.

"여자들은 어떻게 지내고 있을까?"

"글쎄, 따라간 사람도 많은가 봐. 고쿠라나 후쿠오카는 방세가 확 올랐대." 형은 물빛으로 밝아지는 하늘을 보고 있었다. 기울어가는 달이 하늘 중간쯤을 지나고 빛깔이 엷어진 동쪽 하늘 끝에서는 아름다운 연한 다홍색과 파란색이 굴뚝이 쭉 서 있는 지평에서 떠나려 하고 있었다.

"나, 밴드를 그만둘까도 생각하고 있어." 형이 말했다. "아무래도 나는 그 직업이 맞지 않는 거 같아."

"그럴지도 모르겠네." 그런데 신지는 형이나 아다치

를 생각하고 있던 것은 아니었다. '검은 여자'는 결코 그의 안에서 떠난 것이 아니었다.

그 무렵 그가 눈여겨본 아르바이트는 가정교사와 주 1회 메신저 보이였다. 회사의 시제품이나 중요한 서류 같은 것을 오사카, 교토 등의 지사나 본사 등에 직접 기차를 타고 가져다주는 일이다. 긴자 뒤쪽 세로로 길쭉한 빌딩 4층으로 올라가서 얼굴이 핼쑥하면서도 누런 중년 남자에게 일을 받으면 된다. '검은 여자'는 분명 규슈에 있다. 신지는 그렇게 믿고 있었다. 그래서 그는 어디로 가야 되는지 물을 때마다 낙담했다. 영수증의 목적지가 항상 나고야, 멀리 가봤자 간사이 정도였던 것이다. 신지의 만 열여덟 번째 생일이 지나갔다. 형은 밴드를 그만두지 않았다. 나고야행 일이 생겼다. 나고야에서 보내는 답신을 요코하마의 본점에 전달하는 일이었다. 대금은 1천 엔으로, 빌딩 남자에게는 비밀로 하면 되었다.

* * *

　그는 그 상사회사의 숙직실에서 하룻밤을 묵었다. 요코하마에는 다음 날 오후에 도착했다. 사쿠라기초 역의 개찰구를 나오다가 신지는 예기치 않게 반년 만에 '검은 여자'를 봤다.

　국세조사와 각종 행사, 무슨 주간 같은 것이 몇몇 겹치면서 떠들썩했던 그달이 끝나갈 때쯤이었다. 오랜만에 요코하마의 공기를 맡으며 열차 창문 밖으로 맑은 가을 하늘을 바라보면서 그는 '검은 여자'를 향해 출발한 것에 불과했던 그날을, 그로부터 달리듯이 지나간, 하지만 길었던 그 1년을 마음속에서 느낄 수 있었다. '1년'이라고 그는 생각했다. 꼭 1년. 그는 그 1년의 무게를 어깨에 짊어지고 자신이 끝없이 땅 밑으로 가라앉는 것 같았다. '검은 여자'는 과일 속의 썩은 씨처럼 자기 안에서 딱딱하고 검게, 과육에 파고든 채 응고하고 있었다. 어깨를 흔들고 창에서 눈을 되돌리니 그는 단조로운 송신통 같은 일 속의 나로 돌아와 있었다. 전차가 플랫폼으로 들어왔다. 신지는 인파에 부대끼며 개찰구를 통과했다.

천장이 높은 돔은 어둑어둑했다. 정면에는 궁륭형으로 된 역 입구가 몇 개 보였고, 그 사이로 빛이 넘쳐흐르듯 파란 하늘이 환하게 빛나고 있다. 사람들은 눈부신 그 빛을 등에 업고 역 안으로 들어왔다. 그 속에 꽃 군락처럼 한데 뭉친 현란한 색채의 여자들이 섞여 있었다. 큰 소리로 떠들거나 웃으면서 걸어온다. 한눈에 알 수 있는 직업의 활기찬 여자들은 저마다 손에 커다란 여행용 가방을 들고 있었다. 무심코 그 여자들을 본 신지의 눈이 멈췄다. 오른쪽 끝에서 걷는 여자였다.

신지는 눈을 똑바로 뜨고 응시했다. 그의 가슴이 텅 비었다. 바로 그 '검은 여자'였다.

여자는 화려한 체크무늬 여행용 가방을 들고 밝은 초록색 옷에 자잘한 동그라미 모양의 노란색 숄더백을 어깨에 걸치고 성큼성큼 걷고 있었다. 껌을 씹고 있었다.

아무런 걱정도 없는 얼굴로 여자는 주위를 살피지 않았다. 신지는 그대로 서 있었다. 여자는 한층 더 키가 컸고, 아름다웠고, 발랄했다. 믿기지 않았다.

하지만 역시 잘못 본 게 아니었다. 낯익은 진주 목걸이가 긴 목에 감겨 있었다. 눈꼬리가 올라간 눈과 하얗고 조그만 턱이 보였다.

"보야, 너, 보야, 아니니?"

키가 작고 진한 입술이 말을 걸었다. 지가사키에서 한두 번 담배를 팔려고 했던 여자였다. 다른 여자들의 얼굴도 생각났다. 이제 확실해졌다.

"이야, 보야 맞네. 완전히 어른스러워져서……. 너, 지금 어디 일을 하는 거야? 이 근처 카바레에서 일하는 거야?"

"밴드는 그만뒀어." 신지는 겨우 대답했다. 여자는 혼자 멈춰 서서 껌을 씹으며 허물없이 웃음을 터뜨렸다.

"지금 뭐 하고 있는 거야, 보야."

"너희야말로 뭘 하는 거야?"

서서 이야기를 나누며 비로소 다시 침착해졌다. 신지도 웃었다. "어디 가는 거야? 여행 가는 거야?"

"뭐야, 그런 속 편한 말을, 여행을 가냐니." 어깨를 드러낸 노란색 원피스를 입은 여자는 명랑하고, 그리고 정말 못생겼다. "한국에서, 시작됐잖아? 우리는, 지가사키에서 일을 못 하니까 여기서 벌었는데, 여기도 말이 아니야. 그래서 다 같이 규슈로 가기로 했어. 그쪽은 군대가 많다고 하니까, 돈도 크게 쓴다고 하고." 여자는 트렁크를 내려놓고 네커치프를 추켜올렸다. 사가미 사투리가 그대로 드러났다.

"돈 벌러 가는구나. 그래, 돈 많이 벌고."

일찍이 자신이 여자들과 이렇게 친근하게 이야기한 적은 없다고 신지는 생각했다. 그런데 아무래도, 여자도 그것을 잊은 것 같았다.

"친구들도 같이?" 신경 쓰지 않고 걸어가는 다른 여자들에게 눈길을 주며 신지는 말했다. '검은 여자'는 고개를 돌려 경박하게 웃으며 한 여자와 큰 소리로 대화를 나누고 있었다. "저기 끝에, 키가 큰." 신지는 빨개진 얼굴을 돌리면서 말했다. "쟤도?"

"아, 유리." 여자가 말했다. "동료야."

"항상 검은 옷을 입었지." 여자가 생각난 듯 고개를 끄덕이는 것을 곁눈으로 보고 신지가 말했다. "항상 같이 있었지? 오장이."

여자는 고개를 갸우뚱하더니 "아, 헨더슨. 키다리에 안경을 끼고 금발인……" 하고 말하고 바로 말을 이었다. "죽어버렸어. 한국에서. 바로."

여자는 밝은 표정을 유지했다. 그리고 개찰구를 지나 모여 있는 동료들을 보고 턱을 약간 치켜올렸다. "유리는, 쟤랑은 친구가 아니야. 얼굴이 예뻐서 여기서도 왕창 벌었어. 헨더슨도 계속 달라붙었지." 여자는 문득 촌 뜨기 같은 진지한 얼굴로 목소리를 낮췄다. "아니, 큰 소 리로 말할 수는 없지만 저렇게 보여도 엄청 욕심이 많아 서 돈벌이가 된다고 하면 어디로든 날아갈 거야. 진짜."

"몸 조심해." 신지가 말했다.

손을 흔들고 여자는 풍선처럼 부푼 엉덩이를 흔들며 개찰구로 달려갔다. 시끌벅적한 동료들과 합류한 그 여 자에게, 그리고 그 여자들에게 군중은 호기심 또는 경 멸의 눈길밖에 보내지 않았다. 신지는 여자의 친근한 다변의 의미를 생각했다. 여자는 신지를 일종의 가족같 이 생각한 것 같다. 여자는 거리를 두지 않는 신지의 웃 는 얼굴에서 마치 몇 안 되는 친구를 만난 듯한 귀중한 안락함을 느꼈을지도 모른다.

하지만 신지는 자신이 이미 그 군중과 다르지 않은 눈을 가졌다고 생각했다. 그는 이미 그 여자들에게 아 무런 연대감도 느끼지 않았다.

그런데 시끄러운 노면전차에 흔들릴 뻔한 다음 그는 깨달았다. '검은 여자'는 잘살고 있었다. 젊고 팽팽하고 매끈한 피부도 아름다웠다. 눈꺼풀에도 주름 하나 없 이, 그녀는 충분히 건강하고 쌩쌩했다. 얼굴도 상상했던 것보다 훨씬 아름다웠다. 하지만 그것이 나의 환멸의 진정한 이유가 아닐까? 유리가 기껏해야 스물하나, 둘 정도의 젊은 나이라는 사실과, 그리고 발랄했다는 그 사실이.

유리가 만약 상상했던 모습이었다면 저 노란 옷을 입은 여자의 수다는 나에게 슬픔과 헛수고만 남기고 '검은 여자'를 죽였을 것이다. 하지만 유리는, 나의 '검은 여자'가 아니었다. 말하자면 다른 사람에 불과했다. '검은 여자'는 흠이 없다.

"그렇게나 좋아? 저 여자가?" 문득 그는 지가사키에서 아다치의 능글맞은 미소가 떠올랐다. 단 한 사람, 신지의 '검은 여자'에 대한 편집증적인 집착을 알고 있던 사람, 그 사람도 죽어버렸다. 이제 그는 혼자였다. 그 '검은 여자'에 관해서는 그에게 이제 동료도 적도 없었다. 신지는 형과 옛 밴드 무리가 있는 요코하마 역 앞의 카바레에 나중에 들러보려고 생각했다. 아다치를 더 떠올리고 싶었다. 화난 것처럼 강렬한 눈동자로 신지는 더러워진 노면전차의 바닥을 보고 있었다.

바다에 가까운 상사에 가서 볼일을 보고 그는 노면전차로 요코하마 역으로 향했다. 계단을 내려가니 흰색 옷을 입은 보이가 청소기로 검은 융단을 문지르고 있었다. 신지는 안쪽 무대로 올라갔다.

"웬일이야?" 편곡을 생각하고 있었던 것 같은 오기무라가 뒤돌아봤다. "무슨 바람이 분 거야?"

"다른 사람들은 아직 안 왔어요?" 신지가 말했다.

"응, 형도 아직 안 왔나 보네. 근데 두세 명은 와 있겠지."

"흠, 벌써 드럼이 놓여 있네."

그는 드럼으로 다가갔다. "뭐야, 나사가 헐거워. 이러면 소리가 약해지지."

"신참이라서." 오기무라가 말했다. "멤버들이 거의 초보라서 고생이야."

원래 멤버 중에는 형과 클라리넷의 나카미조만 남았다는 이야기는 형에게도 들었다. "힘들겠어요." 신지가 말했다.

"다치가 있었다면 다 제대로 돌아갈 텐데." 오기무라는 형과 똑같은 말을 했다.

"그런가요."

신지는 그들이 생각하는 다치에게는 흥미가 생기지 않았다. 그는 말했다. "한번 쳐볼까, 오랜만에. 괜찮아요?"

불투명한 옅은 갈색 가죽의 감촉이 그를 자극했다.

"괜찮아, 상관없어."

"댐 비트!"라고 그는 외쳤다. 마음껏 스틱을 세게 내리쳤다. 잘되지 않았다. 겉옷을 벗고 다시 치기 시작했다. "댐 비트!"

댐 비트. 상반신을 굽히고 드럼을 두드리면서 신지는 그렇게 외쳤던 아다치를 생각했다. 드럼의 첫 번째 소리. 그는 드럼에 자신을 맡겼다. 나는 나의 댐 비트를 아직 끝내지 않았다.

신지는 스틱을 사이드 드럼으로 던졌다. 스틱은 그저 불안한 소음만 만들어냈다. 그는 쓸쓸하게 웃었다. "안 되네요." 그는 말했다. "전보다 더 못 쳐요. 그렇게 생각하죠?"

오기무라는 웃었다. 아무런 대답도 하지 않았다. 신지는 일어섰다. 드럼 또한 나를 거부한다. 나를 유기한다고 그는 생각했다. 그는 그대로 밖으로 나왔다.

짧은 시간 지하에 있던 사이에 빛이 급속히 약해졌다. 빛은 분명 투명하고 무게감 없는 가을의 그것이었지만, 벌써 눈부심도 경쾌함도 사라졌다. 어느새 거리에는 해가 지고 있었다.

신지는 플랫폼으로 올라갔다. 원거리 플랫폼에는 녹색 작전복을 입고 총과 총집을 어깨에 걸친 언뜻 봐도 한국행임을 알 수 있는 미군 병사들이 가득했다. 병사들은 담배를 피우고 단정치 못하게 플랫폼에 쪼그리고 앉아 옆 플랫폼에 있는 젊은 여자들에게 휘파람을 불기도 했다. 여자들은 매춘부가 아니었다.

아무리 전황이 호전되고 있다고 해도 전쟁터에 나가는 사람들의 무리로는 보이지 않았다. 잘 닦인 총에서는 희미한 광택이 났다. 놈들은 사람을 죽이러 간다. 신지는 그런 생각을 해봤다. 토끼나 오리를 쏘듯 평평한 얼굴의 북한 병사들을 저 총으로 죽이러 간다. 그리고 놈들 중 몇몇은 북한군과의 싸움에서 영원히 사라진다. 사람에게 지휘를 받아 사냥하듯이 사람을 죽이는 것도 나쁘지 않지. 그는 웃더니 신발로 플랫폼을 찼다. 타인을 대하는 태도는 어차피 복종하거나 싸우는 것밖에 없다. 먼 선로에서 급행과 같은 속도로 화물열차가 달리는 것이 보였다. 긴 화물열차였다. 위장도색을 한 시트로 덮인 코끼리 몇 마리가 쭉 쭈그리고 앉은 형상을 한 것은 포신이 긴 전차였다. 5대마다 철모를 쓴 병사 한 명 서 있었고, 손을 흔들며 빠져나가는 뺨이 붉은 병사

도 있었다. 은빛 날개를 매미처럼 접은 비행기가 따라
간다. 신지는 그 은색 날개가 반짝반짝 일본 상공에서
빛날 날도 머지않았다고 생각했다. 전쟁은 일어나게 되
어 있다.

'아무래도 좋다' 하고 그는 마음속으로 중얼거렸다.
어느 쪽이든 상관없어. 미군은 한국에서 세력을 만회하
고 있다. 맥아더는 일거에 적군을 섬멸할 것이라고 장
담했지만 신지는 전쟁이 일본에 파급되지 않을 날을 예
상하는 마음의 준비는 하지 못했다. 신지는 정처 없이
플랫폼을 왕복하며 출진하는 미군들의 줄을 지켜봤다.
웃음이 터졌고 껌을 씹던 그들은 서로 이야기를 나누다
가 또 웃었다. 웃음의 원인은 이쪽 플랫폼을 기어가듯
걸어가는, 한 거지같이 지저분한 노파인 것 같았다. "헤
이!" 선로 너머로 병사 하나가 초콜릿을 던졌다. 그것이
노파 앞에 떨어졌다. 노파는 탁한 눈으로 병사들이 있
는 플랫폼을 보더니 그것을 주워 어깨에 멘 자루에 쑥
넣는다. 또 걷기 시작한다. "헤이!" "헤이!" 병사들은 너
도나도 사탕과 담배까지 모두 노파에게 내던졌다. 와인
드업 동작으로 노파를 맞추려는 것처럼 빠르게 던지는
사람도 있었다. 머리를 빡빡 밀고 햇볕에 그을린 맨발

의 소년들이 개미처럼 모여들어 줍기 시작했다.

신지는 다만 짙은 주근깨가 있는 복숭아색 피부의 무리, 커다란 손바닥, 긴 다리와 투명한 유리구슬 같은 눈을 가진 무리, 그 이질적인 동물들의 인생, 그리고 방법은 절대 그의 피부 속으로 들어오지 않는다는 것만 생각했다. 그는 이제 그들에게 더 이상 관심이 없었다.

그는 병사들에게 등을 돌리고 무겁게 빛이 스며들기 시작한 서쪽 하늘을 바라봤다. 그는 그곳에서 지는 해를 보려고 했다. 그의 갈망 그 자체를 보는 것처럼, 붉게 빛나며 하늘에서 내려오는 그 빛을 보고 싶었다.

(1958년)

연기의 끝

한낮의 햇살이 눈부시더니 어느덧 뜨뜻미지근한 초
여름 저녁이 되었다. 살랑살랑 바람이 부는 거리로 나
와 걸었다. 고개를 들고 올려다보니 빌딩 위로 아직 푸
른 하늘이 남아 있다.

　"아주 좋았어, 오늘."

　내가 걸음을 멈추자 동행한 여자가 팔짱을 풀면서 말
했다.

　"특히 네 식욕이 아주 좋았지."

　"그건 소스가 맛있어서 그랬지, 스테이크 소스가."

　볼살이 통통한 여자가 태평스레 말하고, 눈을 빛내며
이제 막 립스틱을 고쳐 바른 입술로 웃는다.

　"그래서! 그래서 내가 평소보다 더 먹은 거야."

　여자의 말투는 동북지방 억양이 묻어 있다. 고상한

척 애써 표준어로 말하려고 하다 보니 말끝이 올라간다. 직업상 나는 사투리에 예민하다. 하지만 아무 말도 하지 않았다. 이제 그 여자는 필요 없으니까. 나는 그녀와 20시간 가까이 함께 있었다.

방송국 빌딩 앞에서 여자와 헤어졌다. 키가 큰 여자는 대리석 바닥을 대여섯 걸음 걷더니, 홱 뒤돌아 새침한 얼굴로 내 앞을 지나 역 쪽으로 되돌아갔다. 그녀는 역 건너편 카페에서 근무하고 있다. 팽팽한 연하늘색 엉덩이를 흔들며 고개를 꼿꼿이 들고 걷는 젊은 여자에게서는, 오랜 시간 나하고만 있던 흔적은 어디에도 보이지 않았다. 나는 몹시 상쾌한 기분으로 엘리베이터 앞으로 걸어갔다.

나는 요즘, 여자에 대해서는 그 겉가죽까지밖에 생각하지 않는다. 겉가죽을 넘어선 부분, 즉 내게 보이지 않는 부분에 대해 떠올리면, 나는 늘 어찌할 바를 모르고 머뭇거리다가 이도 저도 아닌 상태가 되어버린다. 실을 싹둑 잘라버리듯이 헤어지고 싶어지고 마는 것이다. 그래서 여자에 대해서는 그런 계율을 현명하게 실행하기로 마음먹은 참이다.

7층, 복도의 막다른 곳에 있는 사무실은 창이 없어서

밤낮을 구분할 수 없다. 노란 방음벽에 둘러싸인 사각형 방에 있으면 마치 골판지 상자 속에 있는 것 같다. 방음벽에 끼워 넣은 시곗바늘이 오전인지 오후인지 알 수 없는 6시를 가리켰고, 켜놓은 형광등 조명으로 실내는 눈부셨다.

내가 문을 열었을 때 사람들이 갑자기 침묵하는 것 같은 기분이 들었다. 가운데 있는 길쭉하고 낡은 테이블에 팔꿈치를 괴고 앉자, 수평이 안 맞는 테이블 다리가 바닥에 부딪혀 덜그럭덜그럭 소리가 났다. 아직 그 소리가 사라지지 않았을 때, 술렁임을 중단한 사람들을 대표해 나선다는 듯이, 사에키가 또박또박 명확하게 끊어 말했다.

"마리코가 글쎄, 마리코가 오늘 아침, 나가노의 집에서 수면제 2통을 먹었답니다."

그것이 내가 최초로 들은 마리코의 자살 소식이었다. 모두 묘하게 응축된 침묵을 지키면서 나란히 벽에 늘어놓은 금속 의자에 앉아 있다. 그중 두세 사람이 멍한 표정으로 나를 바라보고 있었다. 야스이 마리코는 나의 오랜 친구다. 그녀는 그날 밤 내 방송에 출연하기로 예정된 배우 중 한 명이었다.

"아까 사토 프로듀서한테 마리코의 남편이 전화했다고 합니다. 우리도 그래서 알게 됐어요."

"죽었어?" 내가 물었다. 내 목소리는 거의 진이 빠져 있었다.

"아뇨, 아직요." 노인 역을 맡은 배우가 답하고 황급히 덧붙였다.

"살아날지도 몰라요."

나는 크게 가슴을 젖히고 의자 뒤로 한쪽 팔을 두르며 천천히 다리를 꼬았다. 사실 일어서려던 동작 대신 취한 자세다. 담배에 불을 붙였다. '뜀박질하고 난 직후 같다'는 생각이 들었다.

"발견이 꽤 늦었다고 했잖아. 아마 이미 늦었을 거야."

같은 극단의 젊은 남녀가 서로서로 입을 열었다.

"낮이 지나고 나서야, 코를 너무 골아서 가정부가 그제야 알았다더라고."

"위에 흡수가 다 됐겠네. 그러면 소용없어."

"그런데 꼭 죽어야 할 이유가 있었나? 마리코, 어젯밤에도 평소랑 똑같았잖아."

"누구 짚이는 거 있어?"

"구보 씨는 어때요?"

그중 한 명이 내게 물었다. 나는 고개를 저었다. 아무 말도 하고 싶지 않았다.

사람들이 수군거리는 자살 이유 따위 아무래도 좋았다. 나는 마리코가 살아날지, 살아나지 못할지를 생각하고 있지 않았다. 그때 내 머릿속에 마리코는 없었다.

나는 해가 저무는 거리에 하나둘 들어오는 네온사인과 조명, 상쾌한 바람이 가로수의 나뭇가지를 가볍게 흔들며 넘어가는 풍경, 나도 모르게 내 감각에 닿았을 오늘의 시간을 떠올려보려 했다. 나는 그날의 아침을 몰랐다. 호텔 창문으로 보이는 건널목의 노란색과 검은색 가로무늬가 칠해진 죽간, 붉은색 장식기와 위를 기어가는 검은색의 큰 개미 한 마리, 오후의 물이 든 것 같은 맑고 푸른 하늘. 그렇다고 해도 딱히 특별한 것도 아니었고, 어떤 의미를 지니고 내게 모여든 것도 아니었다. 그것들은 마리코의 존재도, 부재도 증명하고 있지 않았다. 그것들은 이미 무의미하고 먼 무언가의 흔적일 뿐이다. 그리고 내게는 마리코 또한 멀리서 어렴풋이 보이는 하나의 풍경에 지나지 않았다. 내 머릿속에는 대리석 바닥에 구두 굽을 내리찍듯 걷던 좀 전의 여자조차 이미 딱히 남아 있지 않았다. 벽을 사이에 둔 것처럼 타인의 삶도 죽음도 생생히 와 닿지 않았으며 마치 유기된 것처럼 나는 혼자였다. '이 방 때문인지도 모른다'고 나는 초조하게 생각했다. 확실히 이곳 사무실은 바람으로부터, 계절의 하늘로부터, 태양으로부터, 거리의 소음으로부터, 일상의 세계로부터 격리되어, 허공에 뜬 진공 상자처럼 숨 막히게 닫혀 있다.

문이 열렸다. 허리띠에 스톱워치를 매단 사토가 대본을 들고 있는 여자의 어깨를 밀며 들어왔다. 덩치가 큰 사토는 사람들의 시선을 피하듯 눈을 내리깔며 문을 닫더니 왜소하고 젊은 여자의 어깨에 손을 얹었다.

"이쪽이 마리코의 대역을 맡는다. 극단 소속 배우 다카노 유카리야."

그는 자신의 투박한 손을 보듯 고개를 숙이고는 타고난 목청으로 이어 말했다.

"마리코는 죽었대. 방금 전화 왔어."

"말도 안 돼." 사에키가 잠깐의 침묵을 깨고 악의 없는 목소리로 말했다. 사무실은 쥐 죽은 듯이 조용해졌다.

"어젯밤에 나랑 같이 술을 마셨는걸, 신주쿠에서. 히라야마도 있었잖아. 안 그래, 히라야마? 슬슬 돌아가자고, 남편이 불쌍하다며 파했잖아. 그렇게 뿔뿔이 헤어졌는걸? 내 눈에는 전혀 자살할 계획 따위는 없어 보였어."

"충동적으로 그랬다고 해도, 마리코에게 도대체 어떤 이유가 있다고? 죽어야 할 이유가 있어?"

마리코의 어머니 역을 맡은 배우가 묘하게 도전적인 어조로 말했다. "가엾게도……." 그녀의 흐느낌은 숨죽인 웃음처럼 들렸다. "그녀는 언제나 혼자였고 외로운 사람이었어. 누군가가 곁에 있으면 그게 누구든 확 밝아졌지. 그녀를 우리가 죽게 했다는 생각이 들면 나는……."

"좌우간 이유 따위 생각하는 건 관두자고." 히라야마가 처음으로 입을 열었다. "유서도 없었잖아? 마리코도 알리고 싶지 않았을지도 모르고."

"너무해." 하고 여배우는 성난 눈으로 히라야마를 쳐다봤다. 히라야마는 언짢은 기색으로 검은색 베레모를 만지작거렸다. 여배우는 아무 말도 하지 않았다.

"왠지 화가 나는데……." 내가 말했다. "친구의 자살은 이번이 대여섯 번째인데, 나는 늘 화가 나."

사토가 말없이 웃었다. 나도 미소 지으며 눈을 내리깔았다. 곰곰이 생각했다. 인간은 서로 참으면서 살아가야 하지 않은가. 서로의 무력함이 폭로되고 저항할 수 없는 공백감이 밀려들고……. 나는 그것이 지나가기를 가만히 기다릴 수밖에 없다.

"나와 구보가 마리코의 가장 오랜 친구잖아, 이 안에서."

품이 큰 나일론 점퍼 차림의 사토가 어깨를 으쓱하며 말했다. "마리코가 아직 영문과 학생일 때부터 알고 지냈으니까."

사토와 나는 불어불문학과였고 마리코와 동문이었다. 마리코는 경제학과 동급생 야스이 스스무와 결혼했다. 우리는 모두 같은 대학 연극 동아리 부원이었다. 인형극 도구를 짊어지고, 혈기 왕성하게 이즈반도부터 도쿄도의 섬을 순례하며 여름을 보낸 적도 있다.

"어라? 이것으로 연극 관련 일을 하는 사람은 또다시 우리 둘뿐이네." 사토가 말했다. 마리코는 졸업 후 꼬박 1년을 연극과 동떨어져 있었는데, 2년 전 사토를 졸라 지금의 극단에서 다시 연극을 시작했다.

"바보 같은 녀석." 사토가 심각한 얼굴로 말했다.

굳이 말하자면, 나는 마리코를 좋아하는 편이었다. 작은 체구에 목덜미가 하얗고 예쁜 여자였다. 코가 납작하고 눈 사이가 조금 멀어 미인은 아니었지만 순진하고 건강한 인상이어서, 한두 번씩 맡는 배역도 그런 아가씨 역할이었다. 연기는 잘하지 못했다. 금세 흥이 오르는 성격이었는데, 뭐, 정말로 좋아했다면 그런 점도 귀여웠겠지만, 그 소녀다운 로맨틱한 자아도취에는 질려버렸다. 술에 취하면 나무든 전봇대든 높은 곳에 기어 올라가 아는 노래란 노래는 내키는 대로 불러젖히는 버릇도, 새침하게 동요 춤을 추는 버릇도 있었다. 나는 언젠가 그녀에게 "마리코는 연기보다 연기자 생활을 더 좋아하는 것 같아서 곤란해"라고 심술궂게 말한 적이 있다. 또 그녀는 외골수에, 억지 친절에 능했으며 논의하기를 좋아했다. 그녀에게는 몹시 분별력 있고 지기 싫어하는 여고생 같은 면도 있어서, 대학 재학 중에 야스이와 결혼한 것도 왠지 이해됐다. 두 사람의 로맨스는 노동절 사건 때 싹텄다는데, 나는 현장에 없었다.

사토가 데리고 온 방송국 전속극단의 젊은 여배우는 한쪽 구석에 앉아 대본에 고개를 처박고 열심히 손을 움직이고 있다. 자세히 보니 가늘고 흰 손가락에 끝이 뭉툭한 빨간 색연필을 힘주어 쥐고는, 대본 뒤에 그린 속눈썹이 긴 사람 만화의 입술을 칠하는 데 열중하고 있었다. "저 애로 가자고, 작가님." 사토가 나에게 눈짓

하며 말했다. "의외로 실력 있는 애야. 노래도 좀 하고."

"노래라면 나도 잘해." 엄마 역할의 배우가 불쾌한 기색을 감추지 않고 말했다. "내가 마리코의 대역을 하는 건 말도 안 되는 얘기일까?"

나는 질투를 노골적으로 드러내며 젊은 여배우를 노려보는 그녀에게 조금 놀랐다. 마리코가 맡은 역은 주인공이었다.

"이제 슬슬 리허설하러 갈까?" 사토는 담배를 피워 물며 익숙한 태도로 그녀의 불만을 못 들은 척했다.

"유카리, 준비됐지? 스튜디오는 비어 있나?"

"제가 보고 올게요."

유카리가 일어서며 말했고 그 바람에 테이블이 덜컹거려 대본 위에 놓인 빨간 색연필이 굴러떨어졌다. 그녀는 눈치채지 못한 듯 재빠르게 복도로 나갔다.

누구도 입을 열지 않았다. 사무실이 조용했다. 단단하고 시퍼런 시멘트 바닥 구석에 텅 빈 중화소바덮밥 그릇 두 개가 겹쳐져 있었다. 뭉툭한 빨간 색연필은 그 덮밥 그릇 앞에서 멈췄다. 나는 그것을 바라보고 있었다. 이러한 의미 없는 소소한 사실은, 마치 역 계단에 굴러다니는 캐러멜 포장지처럼 언제나 그때그때 주의를 끌면서도 전혀 기억에 남지 않는다. 나는 그렇게 보고, 그렇게 잊어버린 수많은 존재를 생각했다. 나는 다양한 것을 잊어왔다.

머지않아 이 색연필도 잊어버릴 것이다. 잊어버릴 게 틀림없다. 그런 생각과 동시에, 그동안 퇴적된 잊어왔던 것들의 무게를 가늠하듯 한동안 빨간 색연필을 물끄러미 바라보았다.

* * *

야스이 부부에 대해서는 '행복하구나'라고밖에 생각해본 적이 없다. 나는 타인에게서, 보기만 해도 덜컹거릴 만큼의 행복 외에는 알고 싶지 않다. 불행을 아는 것이 싫다. 모든 타인이 내게 웃는 얼굴의 벽을 세우길 바란다. 나는 그 벽 너머를 파고드는 일이 없었다. 이제껏 야스이 부부는 나의 소망에 부응해왔다. 추문 하나 없었고 지방은행장의 외아들로서 살림살이도 넉넉했다.

그날 밤, 사토에게서 보수를 받아, 본방송은 그에게 맡기고 한 발 앞서 나카노에 있는 야스이 본가로 향했다. 중앙선으로 갈아탈 때 왠지 마음이 불편했다. 그 팥색 전철 안에서 마리코와 서로 쏘아보던 어느 날이 떠올랐기 때문이다. 나는 눈꺼풀을 연붉은색으로 칠한 마리코의 얼굴을 보고 있었다.

그때 나는 마리코에게 강제로 끌려갔다. 재작년 겨울의 일이었는데, 만원 전철 안에서 마리코는 "돈코가! 돈코를!" 하고 오다 도미코의 별명을 부르며 사랑이 어떠네, 연애가 어떠네, 성실이 어떠네 하고 흥분해서 내게 외쳤다. 오다 도미코는 같은 연극 동아리 부원으로, 졸업 후 교과서 출판사에서 근무하고 있었다. 나는 4년 만난 오다 도미코와 그 전날 확실히 헤어졌다.

그날 마리코와 나는 전철 안에서 평소에는 상상할 수 없을 정도로 도를 넘었다. 스튜디오에서 돌아가는 길이었는데, 때마침 저녁 러시아워에 맞물려 나와 마리코 사이에도 사람이 가득했다. 나는 오다 도미코와의 일을 털어놓은 걸 후회하며 환승역에 어서 도착하기만을 기다렸다. 점점 화가 났다. 사람들에게 폐를 끼치는 것도 싫었고, 흥미 섞인 시선을 받는 것도 싫었다. 울컥 화가 치밀어 결국 나도 모르게 소리를 질렀다.

"그만 떠들어! 나는 너한테 고민 상담한 게 아니야.

사실을 말한 것뿐이라고."

마리코는 더욱 열 올려 제 할 말을 떠들어댔다. 나는
맞받아쳤다.

"시끄러워! 한마디로 나는 인간이 싫은 거야."

"그래?" 하고 잠시 뜸 들이던 마리코는 다시 말했다.

"인간이 싫어? 그런데 플랫폼 같은 데에서 용케 키스
를 다 했네? 사람들이 다 보는 앞에서? 돈코한테 소상히
들어서 다 알거든?"

"그래서야. 그래서 더욱더 싫은 거야!" 하고 나는 필
사적으로 외쳤다.

사람들 틈바구니에서 내 쪽을 보려고 열심히 몸부림
치면서 마리코가 말했다.

"이해 안 가. 왜 그렇게 좋은 사람과 헤어진 거야? 너
도 참 바보다, 진짜."

그 순간 감정이 욱 치밀었다.

"어차피 난 똑똑하지 않아. 하지만 바보 나름대로 진지
하게 내린 결론이거든? 이삼 일간 제대로 잠도 못 잤어."

"아, 그랬어요? 그럼 이제 느긋하게 잘 수 있다는 거
야? 진짜 못됐다, 너."

무대를 위해 발성 연습을 한 덕분인지 마리코의 새된

목소리는 아주 또렷이 들렸다.

"돈코한테 미안한 마음은 없어?"

"따지고 보면 잘못은 두 사람한테 다 있지. 이런 일은 단독범으로는 불가능해."

내 말에 주변에서 웃음소리가 들렸다. 앞에 보이는 게 없을 정도로 화가 나서 말을 이었다.

"책임도 반반이어야지. 그래도 내 잘못이라고 한다면, 그건 내가, 내 쪽에서 헤어지자고 말했다는 것뿐이지. 그런데 어젯밤에, 내가 더 이상 만나지 말자고 했을 때 말이야, '아, 내가 처음이자 마지막으로 딱 한 번 돈코에게 좋은 일을 하는구나' 하고 느꼈어. 헤어질 생각을 하면서 만남을 질질 이어가는 게 더 나빠."

나는 나대로 충분히 피해자라고 생각했다. 도미코만 아니었다면 이런 불쾌한 역할을 떠맡지 않아도 되었다. 나는 도미코와의 육체적 쾌감을 잊은 것은 아니다.

"제멋대로구나? 상대방의 기분 따위는 아무래도 좋다 이거……."

체구가 작아 사람들의 어깨 아래에 파묻혀 잠시 말이 끊겼던 마리코가 이어 말했다.

"그 사람의 어디가 싫었는데?"

나도 질세라 몸을 뒤틀며 대답했다.

"전부! 숨이 막혔어!"

"나쁜 놈! 거짓말쟁이! 멍청이!"

마리코의 얼굴은 보이지 않았다. 그녀가 있다고 짐작되는 부근에 대고 큰 소리로 외쳤다.

"나는 소심한 거야. 그쯤 하지? 어쨌든 난 내가 더 소중해."

전철이 나카노역에 정차하자 토해지듯 밖으로 나온 마리코는 새빨간 얼굴로 숨을 헐떡이며 내 팔꿈치를 붙잡고 다그쳤다.

"4년간 사귀었잖아. 뭐, 새삼 이제야 알게 된 거라도 있어? 비겁해. 이유다운 이유도 없잖아. 너, 뭐야?"

"그 애는 너무 순진해. 4년간 뭐든지 내 말대로 했어."

"그게 뭐가 나빠?"

"내게는 부담이었어." 답하는 내 목소리가 비명처럼 들렸다. "결국 내가 그 애의 바람대로 움직이는 것 같았지. 죽을 맛이었어. 익사하는 기분이었어. 그 애한테는 비난하는 듯한 말은 하지 않았어. 문제는 나였어, 나."

마리코는 갑자기 탐색하는 듯 나를 보았다.

"너 누구 좋아하는 사람 생겼어? 그런 거지?"

"말도 안 되는······."

하마터면 한 대 칠 뻔했다. 건강한 우량아처럼 펑퍼짐한 엉덩이를 힘껏 걷어차 계단으로 굴러떨어지면 얼마나 좋을까.

"내가 그렇게 약삭빠른 남자처럼 보여?"

마리코는 얄밉게 아랫입술을 내밀고 걸었다. 개찰구에 이르러서야 비로소 나는 그곳이 나카노역임을 깨달았다. 개찰구를 빠져나와 다시 들어가며 "나는 갈게" 하고 말했다. 정말로 돌아가야 했다.

"흠, 내가 어쩌다 여기까지 왔지?"

완전히 늦은 밤이 되어버렸다. 고탄다의 하숙집에 가야 했던 나는, 마리코의 서슬에 그만 환승하는 것을 깜빡한 것이다. 스스로가 너무 바보 같았다. 귓불이 달아오른 채 매표소로 향하는데, 마리코가 팔에 매달렸다.

"안 놔줄래. 창피하면 나랑 가자. 스스무한테도 말해줘. 신념이 있다면 말이야."

"싫어."

"뭐가 그렇게 당당해서 큰 소리를 내는 거야?"

"안 가."

"아직 아무 말도 안 했잖아. 네 생각을 듣고 싶어. 네가 정말 성실한 사람이란 건 알아."

지금이야 '망할 성실함'이라고 생각하지만, 그때는 마리코의 말이 기분 나쁘지 않았다. 마리코는 조금 진정되어 잠자코 있던 나를 질질 잡아끌어서 버스 정류장을 지나 역 앞의 식료품점 거리에 데리고 들어갔다.

"자, 한턱낼게. 마음대로 골라."

부루퉁해 있는 내게 기대어 마리코는 아케이드 지붕 아래에 자리한 식료품점 사이를 이리저리 걸었다. 어느새 돈가스를 골라버렸고, 그녀는 새로 산 외투라서 곤란하다며 내 가슴팍에 차례차례 물건을 쌓아 올렸다.

"샐러드는 내가 만든 게 훨씬 맛있으니까, 여기서 안 사도 돼."

식료품점 거리를 나와 채소가게 네다섯 군데를 들러서 가장 싸고 맛있어 보이는 귤을 잔뜩 샀다.

나는 어깨를 추스르지도 못했다. 숨을 조금만 크게 쉬어도 종이봉투에서 귤이나 감자가 흘러내릴 것 같았다. 그러려고 할 때마다 마리코가 세상 큰일이 일어난 것처럼 소리를 질렀다. 그녀가 든 것은 핸드백과 꽃집에서 값을 깎아 산 흰 장미 한 송이뿐이었다. 그녀는 작은 키에 비해 균형 잡힌 몸매여서, 새로 샀다는 프린세스 라인(princess line, 여성복에서 상반신은 몸에 꼭 맞고 허리에서 아랫단으로 내려가면서 퍼지는 실루엣)의 감색 외투가 잘 어울렸다. 걷는 내내 흰 장미를 뺨 근처에서 살랑대며 마치 죄인을 호송하듯이 내 외투 소매를 한 손으로 꼭 잡았다.

나카노역의 플랫폼에 내린 나는 1년 반 전의 늦은 겨울밤, 막차를 기다리며 우두커니 그 인기 없는 역의 벤치에 앉아 있던 자신을 떠올렸다. 벤치에 앉은 내 눈앞으로 긴 화물열차가 덜커덩덜커덩 한참을 지나갔고 나는 외투 깃을 세운 채 추위에 떨며 혼란스러움과 비참함을 느꼈다. 야스이 부부의 행복은 두 사람의 얼굴을 닮게 만들었고 나는 두 사람으로부터 내쫓겨 달아나듯 떠났다. 그 벤치에서 '그러나 단 하나, 이것만은 확실하다'고 거듭 생각했다. 바로 '오다 도미코와 헤어지고 싶다는 것', 아무리 설명하지 못한다 해도, 그 하나만은 강렬한 냄새처럼 확실했다.

＊＊＊

나는 도미코가 내 앞에서 항상 고독함을 잊어버린 듯해서 마음에 들지 않았다. 그녀는 늘 상냥했고, 내 뜻대로 무엇을 하든 허용해주었으며, 반항하거나 고집을 부린 적이 없었다. 도미코에게는 아무런 결점도 없다고 생각하니, 오히려 거의 고정적인 습관이 되어버린 정사의 반복에 좀처럼 신선함을 느낄 수 없었다. 내 사랑은 행방불명되었고, 내게 있어 그녀와의 만남은 그저 견디는 것, 아무런 기쁨 없이 도미코의 순종을 계속 짊어지는 것일 뿐이었다.

초조해진 나는 점점 '이 관계는 어딘가 잘못된 게 틀림없다'는 생각에 빠졌다. 인간 대 인간의 관계, 개인 대 개인의 관계, 즉 대등한 일대일의 관계가 아니라 뭔가 일방적인 관계, 가령 사람과 구름의 관계, 사람과 방의 관계와 비슷했다. 그녀의 눈동자 속에 사로잡힌 나는 늪에 빠진 듯 점차 가라앉아, 수면이 머리 위에 있어서 나 자신을 볼 수 없었다. 그녀가 마치 빠져나가야 할 막다른 골목 같았다. 숨이 막혔고 '내가 원한 건 이런 낮잠 같은 사랑이 아니야'라는 생각이 들었다. 다른 사랑을, 짐승끼리의 싸움처럼 서로 벌거벗고 온몸을 부딪치는 깨끗한 관계를 원했다. 몇 번이나 설득했지만 실패했다. 나는 도미코와 헤어지기로 했다. 선명한 윤곽을 갖춘 나를 되찾고 싶었다.

도미코는 처음에 내 이별 제안을 대수롭지 않게 넘겨버렸다.

"한 달만 기다려줘. 내게도 생각할 시간을 줘야지."

나는 그녀의 말에 수긍하고 한 달을 기다렸다 다시 제안했다.

"어머, 진심이었어? 잊어버린 줄 알았지."

"좀 진지하게 이 문제를 생각해줄 수 없어? 난 더 이상 헛수고를 못 견디겠어"라고 내가 말했다.

"난 아무 생각도 안 해봤어. 생각해봤자 똑같을 테니까. 지금까지 나는 뭐든지 당신 말대로 했어. 하지만 이번만은 안 돼. 헤어지는 건 싫어." 도미코가 웃으며 대답했다.

그때 나는 처음으로 그녀를 마주하고 대립할 수 있었던 것 같다. 우리는 전철 선로를 따라 걷기 시작했고, 시부야에서 시나가와까지 이야기하며 걸었다. 처음으로 드러난 그녀와 나의 확신은 너무도 달랐다. 그녀는 순종적이고 정결하며 선량하고 악의가 없었다. 그야말로 완전했고 난처하게도 그녀는 자신의 선량함을 믿었다. 나는 반대로 나의 선량함을 믿지 않는 것이 정의였다. 확실히 도미코가 첫 여자였던 나는 그때까지 다른 여자에게 손끝 하나 댄 적 없다. 하지만 그것으로 내 선량함을 믿을 수는 없다. 우리 이야기는 너무 어긋나서 충돌조차 할 수 없었다. 나는 헤어지고 싶은 마음을 재차 확인했다.

"이렇게 말했는데도 네가 이해할 수 없다면……." 나는 점점 기분이 나빠졌다. "나는 네게 싫증 났어. 이제 조금도 널 좋아하지 않아. 미안하지만 너에게서 벗어나고 싶어. 두 번 다시 만나고 싶지 않아."

"내가 죽는다고 해도?" 잠시 침묵 후에 도미코가 말했다. 나는 깜짝 놀랐다.

"죽는다니? 그런 농담은 하지 마."

"하지만 당신을 만날 수 없다면 살아 있어도 의미가 없어."

도미코는 울기 시작했다. 나는 난감해졌다.

"사람 때문에 사느니 죽느니 그러지 마. 난 그런 생각 자체를 못 하겠던데. 이거 곤란하네……."

야쓰야마(八ッ山, 무사시 고원의 돌단 구릉으로, 해안에 곶이 여덟 개 있어서 '팔산'이라는 의미의 지명이 붙여짐)의 육교에 서 있으면 뜨뜻미지근하고 기름진 하얀 연기를 뚫고 기차가 지나가는데, 당황한 나는 꺼칠꺼칠한 돌난간에서 물러났다. 도미코는 계속 걸어갔다. 나는 그녀와 닿지 않도록 조심했다. 항상 나를 몽롱하게 하는, 그녀의 극도로 부드러운 피부 감촉이 두려웠다. 나는 말했다.

"난 여자면 돼. 누구라도 상관없어. 누구에게나 금세 불이 붙어. 곧장 망치로 머리를 맞은 것처럼 아무것도 생각할 수 없게 돼. 그때만큼은 상대의 인격을 잊어버리지. 그리고 상대의 인격을 무시하는 행위의 연속이 바로 사랑의 역사가 돼. 적어도 상대는 그렇게 말해. 나는 몰라. 나는, 그래서 그런 '사랑' 같은 말이 부담돼."

나로서는 그런 고백도 굴욕의 일종이었다.

"나는 딱히 네가 아니어도 상관없어. 최근에 나는 너를 '무늬만 애인'으로 대했어. 그게 싫어."

트럭의 전조등이 우리를 계속 비췄다.

"당신이 없으면 나는 살고 싶지 않아."

"그러지 마."

나는 화난 얼굴로 말했다. 내심 두려움에 떨면서도 애써 설득했다.

"나는 내 뜻대로만 살고 싶어. 이 마음을 거스르는 건 스스로 나 자신을 죽이는 행위야. 나는 너를 죽게 두고 싶지도 않아. 하지만 널 대신할 수도 없지. 나는 누구도 대신할 수 없어. 누구도 나를 대신할 수 없는 것처럼 말 이야. 이건 당연한 거잖아?"

* * *

"와, 너 정말 깡패구나? 놀랍다."

내가 이별의 정황을 들려주자 마리코가 위스키병을 들면서 말했다.

"그러니까 네 말은, 아직 너는 누구와도 가정을 꾸릴 의사가 없다는 거구나."

"결혼은 안 하지, 함부로는. 경제 여건도 안 되고." 마 리코의 말이 이해되지 않았지만 일단 대답했다. "이렇 게 말하면 실례지만, 나는 결혼한 지인을 보고 진심으 로 부러운 마음이 든 적도 없어."

"그건 구보 네가 겁쟁이라서 그런 거 아니야?"라고 스스무가 부드러운 어조로 말하자, 마리코가 누나라도 된 양 "홀가분한 독신으로 아직 실컷 바람이라도 피우며 놀고 싶은 거지"라고 말했다.

두 사람을 보며 내가 "그런가?" 하고 말하자, "이거 안 되겠네, 정말. 너는 아직 진정으로 사람을 사랑한 적이 없는 거야"라고 스스무가 덧붙였다.

마리코가 의외로 신바람이 난 목소리로 "어쩔 수 없는 사람이네"라고 말하더니 한숨 쉬며 웃었다. 그녀는 이미 꽤 취해 있었고 노래가 나오자 볼륨을 높였다. 스스무도 분위기에 흥이 올랐고, 둘은 신나게 러시아 민요를 마구잡이로 따라 불렀다.

그날 밤의 일을 떠올리고 화난 듯 무뚝뚝한 표정이 되어버린 걸 스스로 느꼈고, 그제야 그날의 마리코 표정과 함께 그녀의 얼굴이 생생히 기억났다. 스스무의 집으로 가는 구식 소형 버스는 진동이 심했다. '흰 장미를 사 가자'라는 생각이 문득 들면서 가슴이 벅차올랐다. 그리고 나는 처음으로 그 꽃이 무익(無益)하다는 걸, 마리코가 이 세상에 없다는 걸, 부대끼던 옆자리 손님이 홀연히 사라진 것처럼 기묘하게 이해하기 어려웠으

나 기묘하게 진실성 있다고 받아들여졌다. 나는 이상한 속임수를 목격한 것처럼 멍해졌다. 눈물은 나오지 않았다. 언제나 타인의 일이란 받아들일 수밖에 없는 것이라고 속으로 말했다. 특히 타인의 죽음은 아무리 뜻밖이고 이해할 수 없어도 있는 그대로 영원히 받아들일 수밖에 없다.

이내 나는 그것이 과거 학창 시절에 친구 한 명이 자살했을 때 우리의 리더 야스이 스스무가 한 말이란 걸 기억해냈다. 나는 다음 버스 정류장에서 내려, 값을 깎아 흰 장미를 샀던 역 앞 꽃집으로 되돌아갔다.

* * *

마리코는 관 속에 꽃으로 묻혀 있었다. 얼굴에는 사후반점이나 고민의 흔적이 없었다. 입관 때 나는 그녀의 다리를 안아 들었다. 시신은 경직되어 있었고, 고개를 들든 옆으로 돌리든 시취(屍臭)를 맡지 않고 호흡할 수는 없었다.

급히 달려온 마리코 어머니의 화장으로, 밀랍 인형처

럼 죽은 낯빛의 피부가 온통 분필 같은 하얀색으로 뽀얗게 덮였다. 마리코가 외동딸이란 걸 나는 알고 있었다. 비강까지 깨끗하고 희부옇게 세척되었는지, 평소보다 넓어져 안쪽까지 잘 보였다. 입술은 아무리 해도 다물리지 않았고, 도자기처럼 매끈한 앞니가 천장의 빛을 투영하고 있었다. 치아는 말라 있었다. 원래부터 그녀는 코밑이 짧았다.

마리코의 어머니는 딸의 화장품과 화장도구가 든 가방을 관에 넣었다. 관 뚜껑을 덮을 때까지 사토는 밖에 나가 있었다.

다급하게 장의사와 함께 입관실을 드나드는 내게 사토가 "다 됐어? 뚜껑은 닫았어?" 하고 낮은 목소리로 물었다. 그는 덧문이 활짝 열려 있는 복도에 서서 기둥에 손을 댄 채, 나무와 돌 뭉치가 배치된 어두운 정원을 내다보고 있었다.

"이제 얼굴은 안 보여. 뚜껑을 잠근 건 아니지만." 나는 물음에 답했다.

"그렇구나. 미안해. 귀신이든 강도든 안 무섭거든. 근데 죽은 사람은 좀 무서워. 왠지 기분이 나빠. 마리코한테는 미안하지만……." 사토가 말했다.

"안심해." 내가 웃으며 답했다. "관 안에 있는 건 이제 마리코가 아니야. 가짜 마리코야."

그때 야스이 스스무가 눈을 내리깔고 옆을 지나갔다. 말을 들었나 싶어 당황했다. 가짜, 그것은 흰 천 위에 놓인 죽은 마리코를 바라보았을 때 내 머릿속에 제일 먼저 떠오른 말이다. 남편인 그로서는 듣기 불쾌했을지라도 어쩔 수 없다. 철회해도 변명해도 거짓말이 될 뿐이라고 생각했다. 스스무는 내 눈을 피했다.

외출복 정장 차림의 스스무는 장의사에게 척척 지시하고, 구령과 함께 힘을 모아 관을 백송 책상 위에 올렸다. 얇은 감색 상·하의는 은행원다웠지만 아주 새것의 고급 양말이 그 자리에 있는 그를 몹시 타인처럼 보이게 했다. 사에키를 포함해 다른 여배우들과 그는 남은 꽃을 조심스레 관 위에 늘어놓았다. 극단이 준비한 꽃바구니도 옮겨 왔다.

"사토." 스스무가 그를 불러 말했다.

"부고장 좀 인쇄소에서 가져와 줄래? 혼마치 대로에 있어. 어차피 지금부터 작성해도 오늘 마지막 우편함 수거 시간에는 못 맞추겠지?"

"뭐야, 그러면 직접 우체국에 가져가 부쳐야지."

사토가 의욕적으로 답했다.

두 사람이 살던 별채에서 우리 세 사람은 부고장을 수신할 이들의 주소와 연락처를 나누어 적었다. 하지만 그중에 오다 도미코의 이름은 어디에도 없었다. 극단 사람들을 돌려보내고 나와 사토는 밤샘하기로 했다. 극단의 젊은 단장은 끝까지 집요하게 자살 원인을 캐물었다.

"전혀 아는 바가 없어. 이것저것 따져봐야 소용없잖아, 이제 와 어쩌자고." 사토가 나무라듯 말했다.

자정이 넘어서도 마리코의 어머니는 관이 놓인 방에서 고개를 떨군 채 앉아 있었다. 그녀의 어깨가 잘게 떨렸다. 소리 내어 울지는 않았다. 손수건을 적실 눈물도 더 이상 나오지 않았다.

"관자재보살 행심반야바라밀다시……."

나는 배에 힘을 주고 어렸을 때 삼촌이 암송했던 반야심경을 어슴푸레 기억해내 읊조렸다. 채 30초도 지나지 않아 도리어 허기가 밀려왔다.

나는 일부러 제멋대로 굴기를 좋아하는 성격인데, 이상하게 타인한테 약해서 알뜰한 보살핌이나 애정 어린 잔소리에 쉽게 넘어간다. 그때까지 1시간 가까이 향이 꺼지지 않도록 지키며 앉아 있었는데, 끝내 마리코의 어머니에게 아무 말도 걸지 못했다. 뭔가 위로가 되는 말을 건네고 싶은 마음은 있었다. 하지만 이럴 때는 가만히 놔두는 것이 오히려 낫다고 생각했다. 말을 건네는 걸 단념했다. '유해한 것보다 차라리 무익한 게 낫다'는 것이 내 삶의 자세다.

"일어서겠습니다. 향이 꺼지지 않게 부탁드립니다."
이렇게 말하며 나는 자리에서 일어났다. 마리코의 어머니는 구깃구깃한 손수건에 얼굴을 묻은 채 고개를 끄덕이며 제단으로 다가갔다. 내내 그녀는 아무 말도 하지 않고 아무것도 먹지 않았다.

별채의 방에 가보니 스스무와 사토가 의자에 마주 앉아 있었다. 책상에는 절반가량 줄어든 위스키병이 놓여 있었고, 두 사람은 팔짱을 끼고 있었다. 두 사람 사이에 중대한 이야기가 오간 것 같았다. 사토는 화난 듯 얼굴이 검붉었다. 취기는 보이지 않는 얼굴로 스스무는 책상 위에 찰랑찰랑 위스키가 담긴 잔을 바라보고 있었다.

"녹초가 됐어. 아, 다리 저려."
다리는 저리지 않았지만 둘 사이에 놓인 의자에 걸터앉아 다리를 주무르며 과장되게 눈썹을 찡그렸다. 나는 아무것도 알고 싶지 않았다. 분명 몹시 귀찮고 성가신

일일 것이다. 동시에 그 기묘하게 무거운 침묵도 그들과 나누고 싶지 않았다.

스스무가 위스키를 따라주었다. 나는 평소처럼 회피책을 펼쳤다.

"아, 졸리다."

침묵은 아직 깨지지 않았다. 나는 팔을 굽혔다 폈다 하다가 내친김에 눈가를 문질렀다.

잠시 후 사토가 책상을 바라보며 "나는 마리와 가끔 이야기했는데……"라고 입을 열었다.

"마리는 '내가 불행할 리가 없잖아'라고 자주 말했어. 바로 이삼일 전에도 그런 말을 들은 것 같아."

나는 내 추측이 옳았음을 깨달았다. 사토의 목소리는 평소와 달랐다. 그의 목소리에는 억눌린 억울함과 원통함이 담겨 있었다. 스스무는 엷게 웃었다. 빈정거리는 듯한 동시에 곤란해하는 듯한 미소였다.

"너는 이유를 알아?" 사토의 물음에 나는 고개를 저었다. "구보는 짐작 가는 데가 없고……. 그럼 스스무, 너는?" 사토가 나직이 물었다.

스스무는 손을 뻗어 라디오 위에 놓인 마리코의 사진을 집어 들어 잠자코 바라보았다. 그의 얼굴에 곤혹스러움이 떠올랐다. 나는 그의 당혹감을, 그의 슬픔을 헤아려보았다. 나오려는 하품을 참았다. 나 역시, 무엇인가가 지나가기를 기다려야 했다.

"스스무." 사토가 조금 큰 소리로 불렀다. "뭐라고 말좀 해봐. 짐작이 안 간다는 말로는 부족하잖아? 뭔가 말해줘."

"뭘?" 스스무는 웃고는 무대에 서 있는 마리코의 사진을 라디오 위에 다시 올려놓았다.

"곤란한 말을 하네. 이 상황에서 내가 무슨 말을 해야하냐?"

"이 상황이라……." 사토가 중얼거리더니 말을 맺었다. "그래, 네 말이 맞아. 내가 무례했어." 그리고 일어서며 말했다. "본채로 가자. 여기 있다가는 내가 더 비상식적으로 굴 것 같아."

나는 "아, 배고프다"라고 말하며 따라 일어섰다.

본채는 대청소할 때처럼 곳곳의 가림막을 걷어치워, 전등이 환하게 다다미를 비추고 있었다. 집 대부분이 잠자리에 든 시각, 어둡고 넓은 정원에서 불어오는 밤바람을 맞으며 사람들과 술을 마시고 음식을 먹다 보니, 어쩐지 실내가 주는 분위기나 구속에서 벗어나 한

가로이 야영하는 여행자가 된 듯했다. 마치 우리가 장난감 인형처럼 따로따로 흩어져, 뿌리내리지 못한 태평스러운 존재처럼 여겨졌다.

사토는 일본 전통 복장에 엄한 표정의 스스무 아버지, 친척들, 어울리지 않게 빳빳한 새 앞치마를 입은 가정부 등과 이야기를 나누었다. 나는 그곳에서 고인을 추모하는 모습보다 본인의 호기심을 채우려는 모습을 더 많이 보았다.

나는 자살 이유를 궁리해볼 마음이 조금도 들지 않았다. 자살 이유를 궁금해하는 사람들에게 반감을 품는 건 아니지만, 죽은 마리코 이야기를 한다는 게 나로서는 가짜 마리코 이야기를 하는 것 같아 내키지 않았다. 그날 밤 내내 그 마음은 변함없었다. 그녀에게는 더 이상 출구가 없기 때문이다. 살아 있는 인간에게 출구가 있는지 없는지는 모른다. 그렇지만 살아 있는 인간에게는 적어도 그 환영(幻影)이 아니, 출구를 찾아 움직일 의지가 있다. 그마저도 잃어버린 마리코를 탐색하고, 애써 말을 골라 자기들 입맛대로 이해해보려는 행위가, 어쩐지 지독히 슬픈 일처럼, 지독히 무도한 일처럼, 지독히 야만적인 일처럼, 방어 능력이 없는 그녀를 두들겨 난자하는 일처럼 느껴졌다. 그렇지 않다며 자신을 변호하고, 일방적으로 쏟아지는 말에 그녀는 이제 대항할 수 없다. 나는 사람들이 그렇게 애써 그녀의 장례를 치르는 방식이 지독히 공허하게, 지독히 불쾌하게 여겨졌다. 죽은 자는 가만히 놔두어야 하는 어둠이다. 말없이 웅크리고 있는 마리코의 어머니에게서만 진심이 느껴졌다. 실은 나도 마리코의 어머니처럼 가만히 마리코의 관 앞에 이마를 비벼대고 싶은지도 모른다.

하지만 밤새 자리를 떠나고 싶지는 않았다. 다시 한번 마리코의 목소리를 듣고 싶다. 늘 누나라도 된 양 뱉는 악담인지 바보 같은 이야기라도 좋다. 그 웃음소리를 듣고 싶다.

내가 남들만큼 마리코에 대해 생각해본 것은 야스이 집의 재래식 화장실에 들어갔을 때였다. 화장실의 악취가 시취와 비슷했다. 그 때문에 그녀를 생각한 것은 아니다. 변기 앞 벽에 정밀한 프랑스 지도가 압정으로 고정되어 있었다. 2년 전, 그곳에는 브라질 지도가 붙어 있었다. 그녀는 크게 웃으면서 "여기에 지도를 붙이는 건 내 아이디어야. 스스무와 둘이서 상상 여행을 즐기는 거지. 집안사람들도 재미있어하더라"고 설명했다.

마리코 : 당신은 지금 어디를 여행 중이야? 혼자 어디 간 거야?

스스무 : 파리가 지겨워져서 잠깐 남프랑스로 가서 피레네 산을 보고 왔어. 툴루즈를 들렀다가 지금은 몽펠리에에 온 참이야. 이곳은 쇼난 지방(일본 가나가와현 사가미만의 해안을 따라 있는 지방)과 닮았어. 온통 초록색이라 너무 예뻐.

마리코 : 어머, 나도 남프랑스야. 요전에 칸에 들렀다가 또 마르세유에 왔는데 너무 무료해.

스스무 : 그래? 그럼 아비뇽에서 만날까? 마침 날씨도 적당하고, 조금 북쪽으로 가서 둘이 스위스 여행하자.

마리코 : 와, 좋아. 지난번에 이탈리아에 갔을 때도 스위스는 다음을 기약했잖아. 당신도 스위스는 나랑 가기로 약속했고. 하지만 부모님들께는 비밀로 하자. 따라온다고 하면 거절하기 곤란하잖아. 드디어 둘이서 레만 호수에 놀러 갈 수 있겠다. 마터호른산에도 오르자. 여보, 나, 무슨 옷을 입으면 좋을까?

'바보 같아.' 무릎을 구부리고 쪼그려 앉아 벽을 노려보면서 나는 쓴웃음을 지었다. 내가 소견이 얕은 라디오 드라마 작가에 불과함을 통감했다. 하지만 마치 소꿉장난하듯 지내는 두 사람의 일상으로 미루어 충분히 있을 법한 대화다. 그들에게는 그 도시 이름들이 결코 긴자나 신주쿠에 있는 바나 카페 이름이 아니었다. 지도의 색이나 선은 인쇄되었을 때의 그것이 아니었다.

적당히 낡고 말라붙은 치자 꽃잎 색이 된 지도는 가장자리가 말려 있었다. 손가락 끝으로 지도를 쓰다듬었다. 그제야 의혹 비슷한 것이 가슴속에서 샘솟았다. 마리코에게 이것은 죽어버린 한 장의 지도에 불과했을까? 상상의 나래를 펼칠 연료가 떨어져, 꿈의 여행이 주는 기쁨을 잃어버렸을까? 나는 자세히 살펴봤다. 지도에는 깊은 손톱자국이 크고 비스듬하게 엇갈려 나 있었다.

날카로운 손톱자국을 보자 손톱이 긴 마리코의 손가락이 떠올랐다. 상상의 세계에서 굴러떨어진 마리코를, 착각과 환영이 깨지고 날개를 잃어버린 고독한 새처럼 물끄러미 화장실 벽을 응시했을 마리코를 그렸다. '내 알 바 아니지.' 나는 절망하며 속으로 되뇌었다.

돌아와보니, 제단 앞에 있던 마리코 어머니의 모습이 보이지 않았다. 향은 꺼져 있었다. 향을 피워놓고, 진해진 시취 속에 섰다. 진한 시취가 끈적끈적하고 무겁게 흐르고, 하얀 천 위에는 파리 한 마리가 앉아 있다.

옆방에는 스스무와 사토밖에 없었는데, 스스무가 다른 집안사람들한테는 본인이 자라고 했으며 그들이 아침까지 잘 부탁한다고 했다고 전해주었다.

"고맙지만 좀 난처하더라고. 다들 너무 함부로 떠들어서."

"마리코 어머니는?"

"억지로 주무시라며 다른 사람들이 모셔갔어."

"내일도 있으니까." 사토는 잔을 입으로 가져갔다. 동작을 보니 상당히 취한 듯했다. 새 위스키병의 내용물도 얼마 안 남았다.

멀리서 벽시계가 울렸고 손목시계를 보니 새벽 2시 반이었다.

"이봐, 구보." 사토가 혀 꼬부라진 소리로 불렀다. 나는 "왜?" 하고 부르니 대꾸한다는 듯 마지못해 말했다.

"스스무 말이야, 마리코와 싸운 적이 없대. 넌 어떻게 생각해?"

경계심이 들며 문득 '사토는 무언가를 이야기하고 싶어 한다. 이놈은 뭔가 알고 있다. 마리코의 자살과 관련해 내가 모르는 것을 알고 있다'는 생각이 들었다.

말투로 짐작건대, 사토는 그리 만취하지는 않아 보였다. 하지만 나는 마리코에 대해 아무 말도 하고 싶지 않았고, 무엇도 듣고 싶지 않았다.

"어? 구보, 어떻게 생각하냐니까?"

재차 묻는 사토에게서는 나를 끌어들이려는 기색이 역력했다. 나는 반발하듯 말했다.

"뭘 어떻게 생각해. 본인이 그렇다면 그렇겠지."

"바보 같기는. 그걸 믿어? 난 유부남이잖아. 너 같은 독신은 몰라. 안 싸우는 부부가 어디 있냐?"

"없다고는 안 했어. 난 잘 모르겠다는 거지."

사토는 스스무를 곁눈으로 보고 있었다. 그런 그를 보며 '나는 어느 쪽도 편들지 않겠다'고 생각했다. 나는 누구의 편에도 서지 않을 것이다. 나는 어느 누구와도 다른 사람이기 때문이다.

사토는 고개를 숙인 채 스스무를 가리키며 말했다.

"난 말이야, 애초에 이 부부가, 아니, 스스무 네놈의 행태가 맘에 안 들었어. 꼭 연인 사이 같았잖아. 도대체가, 결혼해서 벌써 몇 년이 지난 줄 알아?"

"별로 이상해 보이지 않았는데? 흔히 볼 수 있는 금실 좋은 부부였잖아."

하지만 사토는 농담 투로 던진 내 말을 상대하지 않고 진지하게 말했다.

"세상에 순수는 없어. 스스무는 마리코를 모르는 것 같아."

"그렇지 않아." 스스무가 냉소를 머금으며 부정했다. 그런데 어째서인지 사토는 그를 보지 않고 내 쪽을 보며 "이놈은……"이라며 말을 이었다.

"이놈 말은 그래. 우리는 사랑하고 있었다, 나는 마리코를 사랑하고 마리코도 나를 사랑했다, 우리는 함께 행복한 나날을 보냈다, 그런데 마리코가 죽어버렸다, 나는 도무지 영문을 모르겠다……."

스스무가 낮은 목소리로 말했다.

"그래, 그 말대로야. 거짓말이 아니야."

"넌 마리코한테 화낸 적 없다고 했지?" 사토가 스스무를 향해 물었다.

"없어. 난 다른 사람을 위압적으로 대하는 걸 싫어해." 스스무가 답했다.

"하지만 너도 감정이 있을 거 아니야."

사토의 말에 스스무가 침착한 태도로 대답했다.

"나는 뭐든지, 우리 두 사람의 생활에 해롭다고 여겨

지는 것은 피했어. 날것의 감정을 부딪치는 것도 일종의 폭력이야. 난 폭력을 행사한 기억이 없어."

"모두 이성적으로 처리했다? 전부 파악하고 있었단 거야?"

"평화를 위해서지. 나는 평화주의자니까. 옛날부터 그랬어."

스스무는 딱딱한 미소를 지으며 말을 이었다.

"누구든 그 사람만의 밀실, 알 수 없는 부분이 있어. 오히려 그런 부분까지 간섭하는 게 나쁜 거 아닌가? 도대체 네가 하고 싶은 말이 뭔데?"

"왜 그래, 그만해." 내가 둘을 말렸다. 하지만 둘은 멈출 생각이 없어 보였다. 이번에 입을 연 사람은 스스무였다. 그는 정색한 얼굴로 말했다.

"우린 항상 뜻을 모아 가장 합리적인 해결을 해왔어. 인간이다 보니 때로는 신경이 날카롭고 언짢을 때도 있지. 그럴 땐 마리코의 기분이 나아질 때까지 가만히 기다렸어. 연극이든 뭐든 그녀가 하고 싶은 일을 하게 했고. 난 마리코에게 애정이 식은 적이 한 번도 없어."

"확실히 그녀는 불행했을 리 만무해. 하지만 그걸로 그녀는 행복했을까?" 사토가 비꼬듯 말했다.

잠자코 있던 나는 스스무의 뺨이 약간 붉어진 것을 보았다. 스스무는 빠른 속도로 말했다.

"행복했다면 누가 자살하느냐, 너는 이렇게 말하고 싶은 거지? 하지만 나로서는 어쩔 수 없었어."

"미안하단 생각은 안 해?"

"난 그 이상은 할 수 없어. 그런 의미에서 잘못했다고는 생각 안 해."

"나는, 내가 하고 싶은 말은, 결국 네가 마리코를 죽였다는 거야."

사토의 말에 스스무는 웃음을 터뜨리며 대꾸했다.

"유리하네, 죽은 사람은. 이쪽은 살아남은 데다 살인죄까지 덮어썼으니. 안 그래, 구보?"

나는 스스무에게 아무 말도 하지 않았다. 어느 쪽에도 가담하지 않겠다는 생각을 유지하고 있었던 건 아니다. 나는 어느새 사토의 말에 귀를 기울이고 있었다. 사토가 말했다.

"스스무, 너는 정말 스스로가 위선적이라고 생각 안해? 미안하다고 사과 한마디 하는 게 어때?"

스스무가 눈을 번뜩이며 날카로운 어조로 말했다.

"솔직히 나는, 마리코의 자살은, 그녀가 그녀 나름대

로, 자기만의 줄거리를 따랐다고 생각해."

"그게 무슨……." 입을 열려던 사토의 말을 끊고 스스무는 계속 말했다.

"그렇게밖에 생각할 수 없어. 이유는 몰라. 이제 알 수도 없고, 알고 싶지도 않아. 모든 게 순조로웠고 아무 문제 없었어. 자살은, 그녀의, 그녀 혼자만의, 말하자면 제멋대로의 결말인 거야. 이를 말없이 받아주는 것……, 그 이상의 친절이 있을까? 난 잘 모르겠어."

생각에 잠긴 듯한 사토는 경비견처럼 굵은 목을 갸웃하며 말했다.

"내가 비난하는 건, 뭐랄까, 너의 자기중심주의 성격이랄까. 옛날부터 넌 그랬어. 다들 '야스이 스스무는 나쁜 짓은 절대 하지 않고, 책임감이 강하며 세심하고 친절한 남자'라고 했지. 동기들 사이에서 연출을 맡았을 때부터 그건 변함없었어."

사토는 내 쪽을 흘끗 보더니 말을 이었다.

"스스무, 너는 네 방식대로 착한 일을 해왔겠지. 하지만 마리코에게는 아무런 도움이 안 되었어. 어쩌면 네가 마리코를 위한다며 했던 일들이, 결국은 그녀를 괴롭히는 일들이었을 수 있어. 너는 그걸 모르고 말이야.

그런 부분 때문에 너를 위선자라고 말하고 싶어. 나는 마리코의 기분을 알 것 같아. 마리코는 정말 바라는 것을 너에게서 하나도 받지 못했어. 어떤 말을 하든, 어떤 일을 하든 전부 예상이 빗나가 버렸겠지. 그것도 네가 자기 마음속의 이치에 맞추는 데 열중할 뿐 너 자신을 내보이지 않아서야."

"인간은 모두 자기 속마음을 전부 끄집어내지 않아. 그게 내 책임이란 거야?"

"그래. 바로 그 생각이 네가 저지른 잘못이고, 네 죄의 근원이야."

스스무는 입을 다물었다. 나는 줄곧 시선을 다다미 바닥의 무늬에 두었다. 이미 자리를 피하기에는 늦었다. 왠지 방을 나가는 게 두려웠다. 뒤늦게 비겁함을 무릅쓰고 방을 빠져나올 수는 없었다. 나는 그 자리에서 움직이지 않았다.

사토가 스스로도 제어할 수 없는 불을 품은 듯한 어조로 입을 열었다.

"너의 멍청함에 나는 화가 나. 지금껏 네가 했던 일은 자기 자신의 처리뿐이야. 감정을 죽이는, 즉 자기 자신을 없애는 노력뿐이지. 물론 너는 여러모로 인내해왔겠지. 근데 그건 무엇을 위해서지? 바로 너 때문이잖아. 그런 비인간적인 참을성이나 두 사람 사이의 사무적인 조율이, 왜 미덕이지? 미덕은 효과의 문제야. 상대방이 원하는 자신을 연기하는 거지. 너도 마리를 사랑했겠지. 그렇지? 하지만 그건 아버지로서 품은 사랑, 후견인으로서 품은 사랑, 자기 장난감에 품은 사랑이야. 남편으로서 품은 사랑이 아니야. 너는 마리코에게 진짜 사랑, 진짜 다정함을 품지 못했어. 처음에는 그것으로 괜찮을지도 몰라. 하지만 마리코는 점점 견디기 힘들어졌겠지. 그런데도 너는 변함없이 그런 마리코와의 관계를 고집스럽게 지키고 소중히 하는 것만 생각했어. 네가 사랑한 것은 마리코가 아니야. 마리코와의 그런 관계, 그런 자신의 장난감, 그런 자기 만족감, 그런 자기 자신을 사랑한 거야."

"뭐야……. 마치 마리코의 일상에 내가 전부인 것처럼 말하네." 스스무가 낮은 목소리로 말했다.

"책임감을 느끼라고, 조금은." 사토가 말했다.

책임감이라……. 그때 엉뚱한 생각이 들었다. 오다 도미코는 처녀가 아니었다. 나는 그것을 이후의 경험으로 알았다. 하지만 그것이 내 변명은 될 수 없었다. 나는 다다미 바닥에 누웠다.

"이봐, 장례식 밤샘은 정말 뜬눈으로 보내야 하는 거야?" 나는 뭔가를 애원하는 투로 말했다.

"어?" 스스무가 나를 돌아보더니 "아, 자고 싶으면 자도 돼. 내가 깨어 있을 테니까"라며 평소의 침착함을 찾으려 애쓰며 말했다. 사토도 벌렁 드러누웠다.

"사랑은 전능한 신이어라!" 사토가 연극조로 내뱉더니 말을 이었다. "나도 책임감을 느껴. 친구로서 더 빨리 말했어야 했어. 미안하다. 나도 조금 전에 깨달았어."

그는 다리를 높이 들어 꼬더니 내 시야 언저리에서 발목을 까닥거리며 말했다.

"나도 말이 좀 심했어. 화가 나면 때려. 용서하라고는 안 하겠어."

나는 문득 생각난 의문을 던졌다.

"이봐, 스스무. 화장실의 지도 말이야, 손톱으로 X자 표시를 낸 사람이 마리코야?"

"아!" 스스무가 미소 지으며 말했다. "그거 결혼해서 처음 붙인 지도야. 너덜너덜하지? 한 달 전에 마리코가 다시 찾아 꺼내더라고."

"손톱자국을 낸 사람이 누구야?" 나는 다시 물었다.

"마리코야." 스스무가 먼 곳을 응시하다 말했다.

"붙이고 일주일쯤 지났을 때였나. 마리코 혼자 병원을 다녀왔다더군. 자궁전위로 아이가 생기지 않는 거란 말을 듣고 무너져서……. 그날 밤, 지도에 X자를 그었다고 했어. 하지만 떼지는 않더라."

"자궁전위라니……. 수술하면 되잖아?"

"마리코 속이 말이 아니었을 테니, 수술하면 된다고 간단히 생각할 수 없었을 거야." 사토가 고개를 뒤로 젖히며 답했다.

"마리코, 그래도 이제 괜찮겠지?"

사토의 물음에 "그래." 하고 스스무가 어딘가 건성으로 대답했다.

정원의 어둠은 짙고, 탁 트인 복도 바로 옆으로 뻗은 단풍나무 가지의 푸른 잎사귀에 방에서 비치는 희미한 불빛이 닿았다. 좀 전부터 방의 시간은 멈춰 있다. 나는 방석 세 개를 한데 묶어 만든 베개를 베고 모로 누워, 밝은 전등 불빛을 팔꿈치로 가리고 눈을 감았다. 잠을 잘 생각이었다. 피로와 취기가 진득이 올라왔다. 나는 잠들지 못했다.

'나 역시 잘못을 저지른 것이 아닐까.'

그 생각이 나를 비바람 속 나룻배처럼 흔들어 끝없는 검푸른 바닷속으로 삼키려 했다. 나와 스스무는 지독히도 닮았다. 마치 내가 말하는 걸 듣는 것처럼 그의 사고방식이 이해됐다. 내 쪽에서 먼저 물러서는 것의 한계에 대해 동의한다. 인간은 저마다 속껍질이 있고 피부는 그것을 둘러싼 겉껍질일 뿐이라 알맹이를 밖으로 끄집어낼 수 없다. 누군가를 아무리 사랑해도 그 사람이 될 수 없고, 누군가를 대신할 수 없다. 나도 그 사고방식을 믿고 그 신념을 고수하기 위해, 귀찮은, 내 생각을 무시하는 오다 도미코라는 존재를 거절했다. 그녀보다도 내 신념을 사랑한 것이다. 그 신념이 무너지는 게 두려웠던 것이리라.

생각은 꼬리를 물었다. 나는 지금껏 나 자신을 배신하지 않는 계율을 하나라도 발견한 적이 있었던가. 언제나 배신한 것은 나 자신이었다. 그러나 나는 고집스럽게 신념을 고집해왔다. 내가 틀렸던 것은 아닐까. 여자의 겉가죽까지밖에 생각하지 않는다는 사고방식도 무책임한 자기 위안에 불과하다. 옹색한 고집 때문에 인정하지 않을 뿐 나는 늘 현실을 제대로 보지 않으려 했다. 나 또한 스스무와 마찬가지로, 신념 때문에 한 여자에게 죽음을 안긴 것인가. 나는 바다 밑바닥으로 가라앉았다. 내 속에 칼날이 있어서, 시커먼 심연으로부터 헤어나올 수가 없다. 나는 어둠 속에 빠졌다. 내 안에 있는 꺼림칙한 속내를 핍박당하고 있다. 기어오르려고 아무리 노력해도 나는 어디에서도 아무런 연결고리를 찾을 수 없었다.

눈을 떠보니 전등이 꺼져 있었다. 툇마루 너머로 흐린 하늘처럼 희끄무레한 아침이 밝았다. 분주하게 왕복하는 사토의 코골이가 바로 옆에서 들린다. 차갑고 습한 공기가 정원에서부터 직통으로 들어와 나를 씻어내린다.

딱-딱-. 머리를 울리는 듯한 소리가 이따금 정원 쪽에서 났다. 나는 복도로 나왔다. 스스무가 발밑의 돌멩이를 집어 멀리 있는 돌담 옆 소나무 줄기를 향해 전력투구하고 있었다. 그는 얼마간 그렇게 돌멩이를 던졌는지 얼굴색이 붉었다.

마당으로 내려간 나는 스스무에게 다가갔다. 그는 숨을 헐떡이고 있었다. "왔어?" 그는 상기된 목소리로 말했다. 한눈에도 땀이 밴 얼굴과 충혈된 눈이 보였다.

"왠지 정신없이 씨름 한 판이라도 하고 싶은 기분이야."

나는 대꾸하지 않고 주먹만 한 돌멩이를 주웠다. 가슴을 펴고 온 힘을 다해 팔을 휘둘러 던졌다. 돌멩이는 근처의 벚나무 가지를 스쳐 지나갔고 두세 장의 푸른 잎이 흩날렸다. 내가 던진 돌멩이는 기분 좋은 소리를 울리며 소나무 줄기 한가운데 닿았다. "잘했어!" 스스무가 말했다.

우리는 5분 정도 번갈아가며 돌멩이를 던졌다. 하얀 앞치마를 입은 가정부가 관이 놓인 방의 복도에 서서 입을 벌린 채 구경했다. 사토는 아직 일어나지 않았다. 우리는 방으로 돌아갔다.

* * *

해가 지자 비가 내리기 시작했다. 나는 우산이 없었다.

음침한 기운의 안개 같은 가랑비였다. 형형색색의 네온이 빛나는 거리를 지나, 비슷비슷한 술집이 즐비한 좁은 골목길로 접어들었을 때쯤 바닥은 진창의 흙길이 되었다. 변두리 근처의 한 술집에 들어갔다. 중년 여자는 큰 소리로 나를 맞았다. '빚진 거 없지?'라는 생각이 반사적으로 들었다.

나는 유리창 너머로 악기를 부둥켜안은 남자 두 명이 건너편의 붉은색 불빛이 새어 나오는 바로 들어가는 모습을 지켜보았다. 한 남자는 새빨간 셔츠를 입고 있었고, 다른 한 명은 뻐드렁니였는데 웃음이 터질 정도로 총리를 빼닮았다. 두 사람이 사라졌을 때 풍경은 멈추었다. 내 시선은 움직이는 것을 찾으려는 듯이 가랑비 내리는 도로에 미끄러졌다.

"뭘 그리 멍하니 있어요? 구보 씨, 직원이 뭐 드실 거냐고 묻잖아요."

느긋하고 천진난만한 목소리가 들렸다. 나란히 한 줄로 네다섯 명밖에 못 앉는 선술집이었다. 어두운 직각 코너 자리에 앉은 남녀 두 명 중 남자가 내 쪽을 보고 있었다.

"뭐야, 자네들도 있었나?"

그들은 회사 동료 히라야마와 사에키로, 조금 전까지 스스무의 집에서 조문객 접수를 돕고 있었다. "자네들이 이곳에 있는 줄은 몰랐어"라고 말했다. 그곳은 다른 극단의 아지트로 마리코와도 방문한 적이 없다. 마리코와 인연이 없는 사람들 틈에 끼고 싶어 그곳에 온 것이다.

"히라야마한테 끌려왔어요." 사에키가 붙임성 있게 대답했다.

"아까는 무슨 생각 중이셨어요?" 히라야마의 물음에 나는 "글쎄, 기억이 안 나네"라고 대답하며 웃었다. 사실 나는 사토가 했던 말을 생각하고 있었다. 저녁 식사를 마치고 스스무의 집을 나와 곧장 신주쿠에 있는 술집으로 온 참이다. 이제 겨우 혼자가 되어, 조개껍데기 속에 숨어든 조개처럼 이제 겨우 내 껍데기의 촉감을 침착하게 확인할 짬을 얻었다. 사토의 말은 화살처럼 나를 관통했고, 봇물 터지듯 생각이 범람했다. 혼자가 되자 아픔이 새롭고 생생하게 되살아났다. 나는 어떻게든 해야 했다. 그렇지 않으면 내 마음의 안정은 회복되지 않을 것이다.

나는 내 속에서 무언가가 시작되었음을 알았다. 팽창된 핵처럼 오다 도미코가 내 머릿속을 가득 채웠다. 나의 잘못된 사고방식이 파괴될까 우려해 그녀를 피했다. 그녀는 '죽는다'라고 했다. 하지만 나는 눈을 감고 애써 도망쳤다. 순진한 성실함의 망상을 지키려고 한 여자를 희생했다. 한 사람의 살아 있는 인간을, 한 사람의 딸을, 한 사람의 여자 형제를, 한 사람의 동급생을, 한 사람의 여직원을, 한 사람의 아내가 될 여자를, 한 사람의 어머니가 될 여자를 죽인 것이다. 그 생각이 나를 덮쳐왔다. 야스이 스스무에게 가한 사토의 지적은 남의 일이 아니다. 나에게도 같은 스토리가 있기 때문이다.

"제가요, 마리코가 죽기 전날, 이곳에서 마리코와 가볍게 한잔했어요."

히라야마가 백송 테이블에 팔꿈치를 괸 채 나를 보며 말했다.

"그래? 우리와 헤어진 후에? 그건 몰랐네."

사에키가 밝은 목소리로 말했다.

"내가 위로해줬지." 히라야마는 눈을 치떠 사에키를 힐끔 보고는 말을 이었다.

"스노가 마리코에게 아주 심하게 고함쳤잖아."

"스노가?"

나는 몰랐던 사실이다. 사에키가 약간 난처한 얼굴로 나를 돌아보았다.

"몰랐어요? 그 왜, 구보 씨가 쓴 대본 읽던 날요."

"자살 전날 말이지? 그날 마리코는 괜찮았잖아."

"마리코가 아무 말 안 했구나……." 히라야마가 어두운 얼굴로 생각에 잠겼다가 다시 말했다.

"뭐, 별거 아니었어요. 그날, 다음 달 공연 캐스팅을 내부에서 정했는데, 스노가 마리코를 떨어뜨렸어요."

"아, 그건 몰랐어."

그 순간 스스무에게 끈질기게 자살 이유를 추궁했던 스노의 얼굴이 문득 떠올랐다. 히라야마의 목소리가 들렸다.

"그러면 사토 씨도 아직 모르겠네요. 마리코가 못마땅해하며 투덜거리자 '입 다물어요' 하고 스노가 화내며 언성을 높였고……."

확실히 그것은 소소한 이유나 계기 중 하나이기는 해도 큰일은 아니다. 본질에서 마리코의 생명을 흔들 만한 일은 아니다. 마리코는 옛날부터 그런 엄격함은 잘 참아내는 성격이었다. 그녀는 자기 혼자만 생각하는 사람은 아니었다. 자기 혼자만의 일이었다면 모를까……. 그러니 결코 결정적인 절망 따위에 빠지지 않았을 거다. 이런 식으로 생각하는 것은 내 버릇일지도 모른다. 하지만 '원인 따위 알 턱이 없다'라는 기분이었다. 나는 속도 좁고, 머릿속도 넓지 않다.

"어쨌든 그 일은 별거 아니야." 나는 맥주를 마시면서 말했다. 그 무렵은 아직 맥주의 쓴맛을 알았다. "이제

와 어쩌겠어. 스노에게도 신경 써봤자 건강만 나빠진다고 말해야겠네."

나는 이내 마리코에 대해서는 잊어버렸다. 나에 대해 생각하느라 바빴다. 아프고 괴로울 정도로 도미코와의 일을 생각했다. 무엇을 해도, 무엇을 말해도, 무엇을 보아도 금세 그 생각으로 돌아왔다.

취기는 빨리 돌았다. 아무도 나를 용서하지 않는다. 나는 영원히 용서받지 못한다. 마리코의 극단 사람 두 명과 술을 마시면서도 나는 마음을 놓을 수가 없었다. 다른 사람 눈에는 내가 우스꽝스러워 보였을지도 모르겠다. 가게에 들어온 다른 극단 소속 여성의 부드러운 엉덩이가 얇은 바지를 통해 내 허리에 닿았다 떨어졌다 했다. 그쪽을 돌아보며 결혼하자고 말했다. 까무잡잡한데 솜털은 하얗게 빛나는 그녀의 피부가 매력적이었다. 여태껏 그녀처럼 얼굴이 긴 여성에게 끌린 적은 한 번도 없었다. 하지만 사랑에는 정당한 대가를 지불해야 한다고 생각으로 말했다.

"나는 지금 어떤 여성과도 가정을 꾸릴 수 있을 것 같아."

일행이 있던 그녀는 긴 머리칼을 흩날리며 웃더니 내

말을 침묵으로 거절했다. 일행인 남자는 나보다 완력이 세 보였다. 유감이라며 나는 제안을 철회했다.

그 일을 계기로 나는 히라야마, 사에키와 함께 선술집을 나왔다. 명주실처럼 가는 빗줄기 속을 크게 웃으며, 말하며, 노래 부르며, 행인의 대머리를 쓰다듬었다가 호통치는 상대를 피해 신나게 도망을 다니며……. 그런데도 나는 머릿속에 달라붙은 내 죄의 기억을 잊을 수 없었다. 마리코 따위는 염두에 두지 않았다. 함께한 히라야마도 사에키도 마리코에 관해 아무 말도 하지 않았다. 틀림없이 그들 몫의 계산까지 내가 할 심산으로 나섰을 것이다. 그들은 놀랍도록 살갑게 나와 어울려주었고 우리는 독하게 술을 마셨다.

그렇게 밤은 더 깊어졌고 우리는 백화점 뒤편에 있는 술집의 바 좌석에 나란히 앉았다. 눈앞에 하이볼 잔이 날아와 멈췄을 때, 문득 정신이 들었다.

"자, 마셔요. 이번엔 내가 낼게요."

히라야마의 목소리가 들렸다. 사에키의 모습이 보이지 않았다.

"사에키는 어떻게 됐어? 도망친 거냐?" 나는 크게 소리쳤다. 아무래도 그전까지 유행가를 부르느라 몰랐던 것 같다.

"아이고, 아까 따돌리고 왔잖아요, 우리 둘이서." 히라야마가 기분 좋게 웃더니 갑자기 목소리를 낮추어 "당신에게만 말하고 싶은 게 있다고 했잖아요"라고 덧붙였다.

히라야마가 붉고 탁한 눈으로 나를 지그시 바라보았다. 그리고 입을 열었다.

"마리코는, 그녀는 후지사와의 호텔에서 자살했어요. 알고 있었나요?"

나는 깜짝 놀랐다.

"정말이야?"

"사실입니다. 유모인지 가정부인지 하는 사람한테 들었습니다. 스스무 씨가 속이고 있는 것처럼 저녁때 죽은 게 아니에요. 마리코는 후지사와에서 낮에 죽었습니다."

"그렇군. 사토는 이 사실을 알고 있었지?"

취기가 점점 가셨다. 나는 흘러내리려는 엉덩이를 의자에 다시 올려놓았다.

"알고 있었겠죠. 그도 여러모로 손을 썼으니까요."

히라야마는 잔이 비자 손목을 흔들어 추가로 주문했다. 갑자기 번뜩 떠오른 깨달음에 나는 낮은 목소리로 물었다.

"마리코가 왜 후지사와에 갔지?"

"모르죠." 히라야마가 옅게 웃으며 말했다.

"마리코는 그곳을 알고 있었던 걸까?"

"알고 있었겠죠." 눈 근처에 잔을 흔들며 히라야마가
웃는 얼굴로 말했다.

"마리에게……, 남자가 있었구나." 내가 말했다.

"있었죠."

"그게 누구야?"

"접니다."

그는 웃고 있던 게 아니었다. 입술을 꾹 다물자 눈물
이 뺨을 타고 미끄러졌다. 나는 두 번 놀랐다. 히라야마
가 마리코의 남자여서, 남자가 이런 식으로 울어서.

"나는……, 아주 잠깐 그 상대가 사토나 스노인 줄 알
았어." 나는 검은색 원목 테이블 옆쪽으로 시선을 내렸
다. 히라야마에게 별다른 감정은 들지 않았다.

"그 일을 스스무는……."

"예. 알고 있습니다. 마리코가 말했어요."

히라야마는 억지로 울음을 삼키려 애쓰며 코맹맹이
소리로 답했다.

"나하고의 관계는 한 번뿐이었습니다. 그야말로 강간이었지만……. 도중부터 마리코는 저항하지 않았어요."

콧물을 훌쩍이며 그는 빠르게 말을 쏟아냈다.

"요전 날 밤, 마리코와 몰래 아까 그 선술집에 갔고, 술집을 나와서는 또 관계하자며 졸랐습니다. 마리코는 절대로 싫다고 했지요. 저는 너의 그 신음성을 잊지 못하겠다, 남편에게 말하겠다고 했습니다."

"자네는 진심이었던 건가."

나는 뜻밖의 고백에 질려 있었다. 마리코에게 스스무 이외의 남자가 있었다니, 상상도 못 했다.

"글쎄요. 진심이었을까요." 히라야마는 악당처럼 말을 멈추고 뜸을 들였다.

"어쨌든 그날 내 말을 듣고 마리코는 갑자기 길 한복판에서 큰 소리로 웃었습니다. 그 사람은 전부 알고 있다면서요. 그녀가 남편에게 말했더니, '그래서? 할 말은 그것뿐이야?'라고 했다며 마리코는 웃었습니다."

괴로운 표정으로 히라야마는 잔을 비우고 내 몫과 함께 추가로 주문했다.

"남편이 외도 상대의 이름은 말하지 않아도 된다고 했다더군요. 그래서 지금도 내가 그 외도 상대인지는 아무도 모를 겁니다."

잠시 정적 후 히라야마가 계속 말했다.

"나는, 그러니까 나는 누군가에게 말하지 않고는 견딜 수 없었습니다. 말하면 편해질 것 같아서……. 마리코는 남편이 화도 내지 않고 '나는 네가 하고 싶은 일을 하는 게 가장 좋아'라고 말했다고 내게 전해줬습니다. 그러면서 '나는 아주 자유로워'라며 웃었는데, 마리코는 전혀 행복해 보이지 않았어요. 그때 마리코는……, 수면제를 가지고 있었습니다. 수면제는 두 통 모두 모서리가 닳아 있었습니다. 최근까지 내내 들고 다닌 게 틀림없습니다."

"자네도 후지사와에 갔나?"

"아니요. 저는 도중에 택시에서 내렸습니다. 큰 소리로 미치광이처럼 싫다고 외쳐대서 어쩔 수 없이 돌아갔습니다. 마리코는 아마 그대로 후지사와로 날아가 버렸을 테지요."

"도무지 모르겠군." 나는 마리코의 자살에 이 남자가 맡은 역할은 무엇인지 생각하며 중얼거렸다. 그리고 히라야마에게 물었다.

"자네와 마리가 후지사와의 호텔에 간 것은 언제쯤

이야?"

"TV 촬영 로케이션으로 갔어요. 지난달에. 딱 한 달
전이네요."

한 달 전이라……. 낡은 지도를 다시 찾아 꺼내 벽에
붙였을 무렵이다. 불현듯 '손톱자국은 정말 자궁전위 때
문일까?'라는 생각이 들었다.

"신문에는 그런 내용이 없었는데."

"은행장님이 참 발 빠르시더군요."

히라야마는 평소의 빈정거리는 듯한 표정으로 돌아
왔다.

"스스무는 내게 아무 말도 안 했어. 음……. 말하고
싶지 않았겠지."

그러나 조용히 넘어가려는 스스무의 행동 뒤편에는,
'그런 공통의 상처를 이제 와 드러내 보았자 뭐 하나'라
는 배려와 별개로, 그 나름의 어떤 의도가 숨어 있다는
생각이 들었다. 그는 모든 게 순조로웠다고 했다. 물론
확실히 해결되었다고 여긴 것은 아니어도, 그는 마리코
의 그 사건이 자신에게도, 마리코에게도 이미 대가를
치른 상처라고 여긴 것은 아니었을까. 어쨌든 그것은
끝난 일이다. 끝마쳤을 일이다. 스스무는 "순조로웠고

아무 문제 없었어. 자살은, 그녀의, 그녀 혼자만의, 말하자면 제멋대로의 결말인 거야"라고 말했다. 그저 조용히 마리코가 상처에서 회복되기를 기다렸으리라. '처리는 끝났다. 이외에 내가 무엇을 할 수 있겠나'라고 생각했으리라. 그다음은 그로서는 손쓸 수 없으니, 그녀 홀로 내부에서 무언가가 사라지고 무언가가 지나가기를 가만히 팔짱 끼고 기다릴 수밖에 없었으리라.

"너는 마리코에게 진짜 사랑, 진짜 다정함을 품지 못했어"라는 사토의 말이 생각났다. 다정함이라……. 그때 내 생각이 뒤집혔다. '하지만 그래서? 스스무가 그럼 어떤 태도를 보여야 하지?' 나는 처음으로 스스무를 동정했다. 그와 나는 별반 다르지 않은 사람이다.

'위선자!'라고 마음속으로 외쳤다. 다시 오다 도미코의 얼굴이 떠올랐다. 도미코는 울었고, 내가 헤어지고 싶어 하는 이유를 도무지 모르겠다고 말했고, 내가 도망치듯 등을 돌려도 자리를 뜨지 않았다. 그 밤에, 나는 점점 빨라지는 걸음으로 달려, 끝내 멀리 있는 플랫폼에 가서, 그곳에 도미코를 남겨둔 채 역을 나왔다. 같은 방향으로 향하는 전철을 멀찍이 떨어져 타는 것조차 견딜 수 없었다. 난 걸어서 집에 갔다. 확실히 나도 나 혼자만의 이치를 맞추는 데 열중하여, 그것을 위협하는 '도미코'라는 현실을 거절했다. 그것을 직시해야 한다. 그러나 그럼으로써 나는 무엇을 지켰는가. 비열함, 어리석음, 나 혼자 있고 싶은 뻔뻔한 무기력, 나 혼자 있을 수 있다는 비인간적인 망상, 한패를 갖는 것을 악으로 여기는 시시한 겁쟁이. 나는 야스이 스스무보다 더 용기가 없고 우열하다. 나는 링조차 오르지 못하고 도망친 것이다.

"내가 마리코를 죽였다."

침통한 표정의 히라야마가 어금니를 깨물 듯이 내뱉었다. 그가 계속 말했다.

"나는 이 말을 아까 그 선술집에서부터 마음속으로 외쳤습니다. 그 술집의 여주인만이 나와 마리코를 어렴풋이 아는 듯해서……. 나는 마리코를 죽였습니다."

독백은 오히려 기쁜 어조로 바뀌었다. 그는 검은색 베레모를 뒤로 젖혀 쓰고, 거의 황홀한 눈빛으로 정면에 진열된 위스키병 너머를 쳐다보았다. 새끼손가락을 꼿꼿이 편 채로 잔을 들어 입에 가져갔다. 연기를 하고 있다고 느꼈다. 인기인인 척 도취한 그의 모습에, 그 허세 부리는 모습에 순간적으로 화가 치밀었다.

혀가 굳고 가슴이 부들부들 떨렸다. "히라야마 씨, 자네는 어째서 내가 입 다물고 있을 거라고 생각하지?" 나는 억눌린 목소리로 말했다.

"어째서?" 날카롭게 되묻자 히라야마는 벌린 입을 일그러뜨리며 나를 봤다. 취한 시선이 업신여기듯 내 어깨와 가슴을 오갔다.

"말할 겁니까?"

퍼뜨려지기를 이 남자는 의외로 기대하고 있을지도 모르겠다. 하지만 나는 그를 쳐다보며 말했다.

"나는 말하지 않겠다고는 약속할 수 없어. 이런 일은 누구와도 약속하지 않는 주의니까."

"흠, 예. 마음대로 하세요."

히라야마는 산뜻하게 웃었다. 빙글 등을 돌리더니 느닷없이 잔을 들어 무거운 나무문에 부딪쳤다. 나는 잠자코 있었다. 덩치 큰 바텐더가 검은색 넥타이를 왼손으로 만지작거리며 바 앞에 섰다.

"이제 끝났습니다. 더는 난동을 부리지 않겠습니다."

깊은 한숨을 내쉰 히라야마는 바를 붙들고 늘어질 것처럼 고개를 숙였다.

"무엇도 끝났다 말하면 안 되지." 나는 한껏 경멸과

악의를 담아 말했다. "네가 마리코를 죽였어. 무엇 하나도, 이 일은 자네 선에서 끝낼 수 없어."

밤새워 마시겠다는 히라야마를 두고 나는 밖으로 나왔다. 그리고 그 자리에 못 박혔다. 비는 세차게 내렸다.

네온사인이 꺼진 새벽 2시, 거리에는 진흙탕 길이 넘실거리고 시동이 꺼진 두세 대의 소형 자동차가 빗속에 비스듬히 정차해 있다. 나는 양복 깃을 세우고 담배를 문 채 술집 처마 아래에 섰다. 싸늘한 공기가 내 온몸을 씻어냈다. 양 무릎에 힘이 빠져 하수구 덮개를 디디고 선 다리가 후들거렸다. 내 머릿속에는 이미 히라야마나 야스이 부부가 없었다.

나는 담뱃불이 꺼진 것을 알아차리지 못했다. 몸을 비스듬히 기울여 이따금 뺨에 떨어지는 빗방울을 느끼며, 가로등 아래로 소리를 내며 떨어지는 진창을 바라보고 있었다. 초조했고 공연히 분노가 끓었다. 그것을 참고 있었다. 격렬한 칼날이 온몸을 교차하며 나를 갈기갈기 찢고 괴롭히는 것을 참고 있었다. "나는 악인이다." 나는 무능력하고 바보천치 같은 사람이었다. 나는 항상 성실하고 매사 정확히 하려고 애썼다. 적어도 타인에게 무해(無害)한 것이 내가 할 수 있는 단 하나의 선

(善)이라고 착각해왔다. 그렇지만 나는 한 여자를 버렸다. 상대방의 최대한의 성실을 짓밟았다. 나는 두 번 다시 나 자신을 성실한 남자라 여기지 않으리라. 절대로 두 번 다시 나 자신에 호의를 품지 않으리라.

"돈코." 하고 불렀다. 싫다. 내가 나를 악인으로 생각하는 걸 못 견디겠다. 이후부터, 2년 전에 헤어진 이후부터, 나는 매일 신문의 사회면을 볼 때마다 흠칫흠칫 떨었다. 여자의 자살 기사만 눈에 들어왔다. 불안은 반 년 이상 지속되었다. 꼬박 1년이 지난 후에도 때때로 불길한 예감이 들어 긴장으로 얼굴을 붉힌 채 신문을 꼼꼼히 살펴보았다. 종국에는 아주 자연스레 질병이나 다른 일로 죽었으면 하고 그녀의 죽음을 기다리는 듯한 기분이 들었다. 그녀의 죽음, 그것이 그때까지 새로이 사는 것도, 죽는 것도 허락받지 못하는 형벌의 기한 같았다. 오늘 영결식에서도 나는 도미코를 보지 못했다. 도미코는 죽은 게 아닐까. 가령 살아 있다 해도 내게서 살인자라는 이름을 벗겨내지 못한다. 나는 살인자다. 이를 짊어지고 살아야 한다.

그 이후의 일은 별로 서술하고 싶지 않다. 나는 정상 궤도를 벗어났다. 소심함과 취기가 나를 미치게 했다.

택시 호객꾼이 우산을 받쳐 들고 다가와 어디까지 가느냐고 물었다. 아차 하는 순간에 대답하고 말았다. "메구로, 가미메구로." 오다 도미코의 집이 그 지역의 2천 몇 번지에 있다.

그 근처에 간 적은 없었다. 도미코 집의 번지수가 2300인지, 2800인지 아니면 전혀 다른 번지수인지 기억이 모호했다. 택시 운전사의 호통을 듣고 화가 치민 나는, '오다'라는 문패만 찾으면 되겠거니 싶어 쏟아지는 빗속에 내려 걸었다. 성냥을 그어 불씨를 손으로 감싼 채 신중히 문패와 번지를 읽었다. 성냥은 금세 꺼졌다. 나는 포기하지 않고 인기척이 없는 심야의 주택가를 방황했다. 빗소리 속에서 때때로 도로를 달리는 자동차 소리가 멀리서 울렸다.

주머니에는 200엔가량의 지폐와 동전밖에 없었다. 무슨 목적으로 흠뻑 젖은 채 걷고 있는지 스스로도 알 수 없었다. '뭐가 뭔지 모르겠다. 이유 따위 몰라도 되지 않나?'라고 생각했다. 어쨌든 도미코를 만나고 싶었다.

도미코를 마주 보고 싶었다. 관계 회복을 바란 것은 아니었다. 용서받겠다는 희망도, 설득하겠다는 희망도 끊어버렸다. 굳이 말하자면, 고해성사하고, 울음을 터뜨리고, 무언가를 확인하고 싶었다. 도미코의 존재를, 나의 죄를 확인하고 싶었다. 도미코에게 재판받고 싶었다. 하얀 여체의 환영이, 마치 나를 이끄는 것처럼 눈앞에 어른거렸던 것도 사실이었다. 도미코의 존재를 탐지하고 싶었다. 도미코가 내 눈앞에 서서, 눈으로는 추한 것을 보듯 나를 찌르기를, 입으로는 나를 욕하기를 거의 육체적 욕구를 느끼듯 격렬히 바랐다. 무릎이 꿇리고 두들겨 맞는다. 아니, 차라리 그녀의 하얀 손에 죽임을 당하고 싶었다.

비는 비탈진 아스팔트 포장도로를 때렸고, 나는 사람들을, 빛을 찾아 걸었다. 가로등 아래의 검은 사람 그림자가 내 쪽으로 다가왔다. 나는 날래게 내달렸다. 사람 그림자는 가슴을 쫙 펴고 내 팔을 잡았다.

"당신이군. 아까부터 이 주변을 서성거린 사람이."

깜짝 놀란 나는 아무 소리도 내지 못했다. 비옷 차림의 남자는 비닐 덮개가 달린 경관 모자를 쓰고 있었다. 그가 주위를 둘러보며 말했다.

"이 근처 사람들이 무섭다며 신고가 들어왔어."

나는 붉은 등이 켜진 작은 파출소에서 조사를 받았다. 다른 한 명의 젊은 경찰관은 아무 말 없이 뒷짐을 지고 비가 쏟아지는 밤거리를 바라보고 있었다. 그제야 제정신이 돌아온 나는 오다 도미코라는 여자를 만나고 싶다고 우기며 약간 거짓말을 했다. 성실한 표정을 지으려고 애쓰며 말했다.

"친구가 죽어서 그 사실을 알려주러 가는 길이에요. 번지수를 몰라서 벌써 세 시간 넘게 집집을 돌아다녔습니다."

나를 붙잡은 중년의 경관은 흠뻑 젖은 내 모습을 보더니 한껏 누그러진 기색이 역력했다. 그러고는 표지가 낡고 바랜 대형 장부를 꺼내며 물었다.

"그 여성이 자기 이름의 집에 있을까? 그러니까 '오다'라는 이름으로 된 집에 있을까?"

"그럴 겁니다. 그녀의 부친 집입니다."

검은색 고무 우의를 입은 중년 경찰은 입을 삐죽 내밀고 손가락을 핥아 넘기며 호적 장부를 살폈다.

"이쪽도 오다 씨야? 국회의원 첩의 소생도 그렇더니."
그가 불만스레 중얼거렸다.

"아저씨, 히로시마 출신이죠?"

무심코 평소 버릇대로 묻고는 순간 후회했다. 허물없는 단어라고 해서, 쾌활한 어조라고 해서 그렇게 묻는 게 적절한 행동은 아니다. 역시 큰일이 났다. 아마 그 결과가 나타날 것이다.

"아, 자네도 히로시마야?" 중년의 순경은 자못 기쁜 듯이 말했고, 한층 정겨워진 그와 한 시간가량 사귀어야 했다. 2천 번지대에 '오다'라는 이름으로 된 집이 네 곳 있었는데, 중년 경관이 나를 데리고 돌아다녀 봐준다고 했다. 할 수 없이 그가 씌워준 비옷을 반쯤 걸친 채 함께 파출소를 나섰다. 가는 길에는 원폭 후유증 인터뷰를 녹음하러 히로시마에 갔고 술이 맛있었다는 등의 이야기를 해야 했다.

"그나저나 '도미코'라는 여성이 있는 건 확실한 게지?"

그가 고개를 갸웃하며 말했다. 나는 틀림없다고 다시 한 번 말했다. 불쾌한 표정으로 응대하러 나온 남녀 몇몇 중에는 도미코와 얼굴 생김새가 비슷한 이도 있었다. 사람들은 반드시 여러 명이 나왔다. 하지만 오다 도미코의 얼굴은 없었다.

마지막으로 네 번째 '오다' 집의 대문을 나올 때 경관이 길게 탄식하며 말했다.

"아무래도 벌써 이사했나 보네. 안 그런가?"

"그럴지도 모르겠습니다."

나는 힘없이 대꾸했다. 이미 술기운도 거의 가셨고, 끝내 도미코와 못 만나게 한 하늘의 뜻에 감사함과 안도감마저 들었다.

　경관은 그런 내 태도를 낙담으로 받아들였는지 가엾어했다. "담배 한 개비, 할텨?" 오히려 미안해한 것은 '아저씨'였다.

　"덕분에 빗속을 실컷 걸었구먼."

　그는 비옷을 흔들며 말했다. 난 뭐라고 대답할 수 없었다. 거수경례하는 경관에게 시선을 내리깐 채로 고개 숙여 인사하고 헤어졌다. 너무 나쁜 짓을 한 것 같아 그와 함께 걷는 게 견딜 수 없이 괴로웠다. 몇 번이나 걸려 넘어질 뻔하고, 껑충 뛰어오르고, 비틀거리면서 돌멩이가 많은 길을 걸었다. 문득 그것이 내 현실 그 자체 같았다.

　비는 그치고 밤은 연해졌다. 하늘이 온통 하얗게 바뀌어 갔다. 검은색 광기는 사라지고, 나는 조용한 고급 주택가에서 새 아침을 맞으려 하고 있다. 칠흑같이 흔들리는 나무가, 젖은 잎사귀가 색을 되찾기 시작했다. 가벼운 소리를 내며 나무는 빗방울을 떨구었고, 내 신발 소리는 길게 이어진 젖은 담벼락을 따라 흘러내렸다. 나는 아무 생각도 하지 않았다. 피로의 안개가 짙게

끼었다. 졸렸다.

"구보 씨, 구보 씨."

남자의 굵은 목소리가 들렸다. 뒤돌아보았다. 중년 경찰이 우비를 벗어 들고, 한 손을 흔들며 나를 쫓아 달려오고 있었다. 착실한 인상의 그는 어깨를 들썩이며 크게 숨을 헐떡였다.

"여기, 명함 지갑. 책상 위에 빠뜨렸더라고. 자네 걸음이 좀 빨라야지. 한참 뛰었구먼."

나는 고맙다고 인사하고 명함 지갑을 받아 주머니에 넣었다. 속옷마저 젖었는지 관절에 착 달라붙어 옷이 무거웠다. 경찰관은 불쑥 고개를 빼어 내 얼굴을 들여다보았다.

"뭐야? 자네 우는가?"

나는 황급히 고개를 돌렸다. 결코 울지 않았다. 선량한 경찰관이 내 얼굴 어딘가에서 눈물을 발견했을까? 그저 아침 햇살이 눈부실 뿐이었다.

버스는 육교 앞에서 좌회전해 폭넓은 도로로 나왔다. 버스 안으로는 비스듬하게 약해진 햇빛이 움직이고, 중앙에서 둘로 나뉜 문이 열릴 때마다 먼지 섞인 미적지근한 바람이 들어왔다. 야스이 마리코의 영결식에서 꼬박 이틀이 지난 저녁 무렵이었다. 그날은 온종일 덥고 흐렸다.

겨울 바지의 무릎 위에는 원고가 들어 있는 종이봉투가 놓여 있다. 나는 다시 방송국에 가야 했다. 영결식 날, 한 프로듀서가 의뢰한 원고다. 나는 뭐든 전문가로, 이른바 수비를 잘하는 선수다. 안타를 치지 않는 대신 실점도 내주지 않는다.

나는 버스 운전기사 바로 뒷자리에 앉아 더러워진 검은색 바닥을 보고 있었다. 도미코를 만나러 빗속을 헤매던 밤을 떠올리고는 '그건 미친 짓이었어'라고 생각했다. 그 때문에 하숙집 아주머니에게서 젖은 옷은 당장 세탁실에 넣으라는 말을 듣고, 약간 계절이 빠른 감이 있는 폴로셔츠에 두꺼운 바지를 입었다. 오다 도미코는 이사 간 것이 아니었다. 나는 그날 아침에야 알았다. 도미코에게서 편지가 왔기 때문이다.

주소를 보고 잠시간 나 자신에게 진절머리가 났다. 어째서 나는 이렇게 항상 어긋나는 걸까. 그녀의 주소는 '나카메구로'였다.

여대생이 쓴 듯한 눈에 익은 글씨체가 흰색 봉투와 민무늬의 흰색 편지지에 적혀 있었다. 취향 면에서, 그녀는 2년 전과 마찬가지로 아주 완고했다. 도미코는 역시 마리코의 영결식에 왔었다.

"어째서 헤어지자고 했는지를, 요즘은 생각하지 않기로 했습니다. 저는 오히려 당신의 고집에 경의를 표합니다. (고집, 억지라고밖에 생각할 수 없습니다. 이것은 일종의 당신 고집이라고밖에…….)"

서두를 읽고 '왜 내가 싫어졌다고는 생각하지 않을까?' 하고 오히려 그녀에게 경탄했다. 왜 이렇게 완고할까? 도미코는 여전히 자신의 완전함을 의심하지 않는 것 같다. 하지만 내가 정신이 팔린 것은 이 부분이 아니었다.

"지난 1년 반 동안, 저는 당신의 소식을 전혀 듣지 못했습니다. 라디오도 일부러 듣지 않았습니다. 저는 당신을 좋아합니다. 지금도 사랑하고 있다고 자신 있게 말할 수 있습니다. 새삼 깨달을 것도 없는 일입니다. 하지만 어제 마리코의 영결식에서 당신을 보았을 때 저는 어떤 생각을 했을까요. 저는 그 순간, '아, 구보 씨, 아직 살아 있었구나'라고 생각했습니다."

나는 그 부분을 다시 읽었다. '저는 그 순간 '아, 구보 씨, 아직 살아 있었구나'라고 생각했습니다.' 도미코도 나의 죽음을 기다렸던 것일까. 나는 누군가가 내 죽음을 기다릴 거라고는 생각해본 적도 없다. 내가 죽는다고 해도, 그것은 누구와도 관계없는 나만의 일이라고 생각했기에, 도미코의 관점과 내 죽음을 연결해보지도 않았다. 나는 오로지 그녀의 죽음만을 끙끙대며 걱정했다.

"제게 당신은 여전히 같은 거리에 있습니다. 화가 날 정도입니다. 어떻게 바뀌지 않는 한 저는 새롭게 살 수도, 죽을 수도 없습니다. 흘끗 당신을 보고, 어째서인지 저는 반사적으로 몸을 숨겼습니다. '절대로 그 사람을 만나서는 안 된다. 재회는 있을 수 없는 일이다'라는 생각이 들었습니다. 저는 대문 밖 담벼락에 찰싹 달라붙어 있었습니다. 저는 뒷문으로 들어가 야스이 씨의 아버님을 뵈었습니다. 그리고 당신이 아직 혼자서 유유자적하게 그 하숙집에 살고 있다는 걸 알아냈습니다. 하지만 오해하지 마세요. 제가 신나서, 너무 기쁜 나머지 편지를 쓴 게 아닙니다. 저는 왜 당신은 변하지 않았는지를 생각해보았습니다."

딱 맞아떨어지는 듯했다. 그녀 또한 이전 상대의 철저한 변화를, 즉 이전 상대의 소멸을 진심으로 바라는 것은 아닐까. 우리는 서로의 죽음을 기대함으로써 이를 원동력 삼아 저마다의 삶을 지탱해온 것이 아닐까. 나는 어두운 밤하늘에 걸린 한 줄기의 무지개를 상상했다. 그 검은 무지개의 양쪽에 나와 도미코가 있다. 무지개는 어두운 각자의 죽음 예상이다.

내가 원한 것은 결코 그녀의 허락이 아니었다. 단 한 번도 허락받으리라 기대한 적이 없다. 그녀에게서 내가 가져오고 싶은 것은 확실하고 완전한 이별밖에 없다. 그 완전한 이별이란 상대방의 완전한 소멸뿐이다.

우리는 기다리고 있다. 우리는 참고 있다. 우리는 이미 그렇게 서로의 '죽음'을 기대하는 것으로밖에 결합할 수 없다. 나는 비로소 우리 관계가 안정되고 균형 있다고 느꼈다. 겨우 획득하고, 겨우 명백해진 나와 그녀의 단 하나 확실한 관계, 그것은 각자의 죽음에 대한 기대다. 동시에 그것은 각자 자신의 소멸에 대한 기대다.

도미코의 편지는 계속 이어졌다.

"당신은 그래도 정말 고집을 부릴 작정입니까? 저는 나약합니다. 너무 고집부리지 마세요. 만나고 싶습니다. 아무렇지 않게, 가능한 두 사람의 365일 중 다른 364일과는 관계없는 상상 속 하루처럼 만나고 싶습니다. 어쩐지 저는 당신을 혼자 내버려두면 위험할 것 같아 견딜 수 없습니다. (저는 역시 굉장한 구두쇠입니다. 그것도 한껏 손을 벌려 축적하고 싶은 게 아니라 한번 움켜쥐면 놓기 싫어하는 할머니 같은 구두쇠입니다.)

혹시 안 오시더라도, 저는 당신이 오지 않으리란 걸 납득하기 위해서라도 한 시간 정도는 멍하니 서 있습니다. 서 있을 테니까……. 제멋대로라고 여길까 봐 조금 걱정되지만, 그래도 와주시리라 믿습니다. 일부러 답장할 여유가 없도록 '오늘'이라고 하겠습니다. 오늘 오후 6시에 시부야역 앞에서 기다리겠습니다."

나는 6시 정각에 하숙집을 나와 여느 때처럼 서점에 들러 잠시 신간을 읽고 라디오 스튜디오 방향으로 가는 버스를 탔다.

문득 생각했다. 나는 일찍이 한 번이라도 도미코에게 진정한 사랑을 구한 적이 있었나? 나는 항상 우리 위치의 명확함, 윤곽, 관계의 거리, 균형과 같이 나만의 납득을 필사적으로 추구하여 끝내 그것들에 대한 관심으로부터 자유로워질 수 없었다. 그때 이상한 생각이 들어 가슴이 뛰었다.

'나는 오히려 마리코를 사랑하고 있었던 게 아닐까?'

그렇든 아니든 상관없다. 나는 쓴웃음을 지었다. 이

또한 마리코가 죽고 그녀에 대한 감정에 윤곽이 생겨나서 떠오른 헛소리에 지나지 않는다.

버스는 희끄무레하게 저물어가는 6월 초의 널찍한 아스팔트 포장도로를 달리고 있다. 정박했다 출항하는 것처럼 버스는 보도를 따라 다시 출발했다. 키가 작은 버스 안내원 여자의 엉덩이는 보기 좋게 풍만했다. 나는 업무에 집중할 수가 없었다.

해가 저물고 있다. 나는 유리창 너머로 흐린 하늘을 올려다보며 '아, 이제 장마 시작이구나' 하고 생각했다.

(1958년)

예
감

깊은 골짜기를 사이에 둔 작은 산의 경사면에, 드문드문 신록이 눈에 띄었고, 그 산의 표면을 따라 명암을 드리우며 몇 개의 구름 그림자가 움직였다. 멀게, 가깝게 이른 봄의 갈색 산은 울퉁불퉁 이어졌고, 밝고 청명하며 새파란 하늘과 대조되어 아름답고 온화한 경치를 이루었다. 하지만 그는 경치에 젖어 있을 때가 아니었다.

그는 아내와 산 중턱을 깎아 만든 도로를 오르는 대형버스 좌석에 나란히 앉아 흔들리고 있었다. 아내는 캐러멜을 입에 물고 어릴 적 소풍 갔던 일 따위의 이야기를 하고 있었다. 그 목소리가 왠지 물속에서 듣는 것처럼 멀게 느껴지는 것은 그만큼 고도가 높은 곳에 온 탓일까.

"왜 그래? 귀 아파? 허약하기는."

"아냐. 그냥 멍하니 있는 거야."

그는 쓴웃음을 지으며 말했다. 마음에 걸리는 것은 그런 게 아니었다.

그는 자신에게 일종의 예감 능력이 있다고 믿었다. 당면한 문제의 길흉을 예견할 수 있었다. 갑자기 등줄기를 내달리는, 짜릿하고 짧은 전율로 그에게 알려준다. 그 전율의 미묘한 차이로 그는 그것이 길조인지 흉조인지를 구별한다.

실은 그 경적이 아까부터 등에서 계속 울리고 있었다.

입학 시험 때도, 입사 시험 때도 그리고 아내와 처음 회사 옆 카페에서 만났을 때—이때는 온몸이 후들후들 떨려 길인지 흉인지 알 수 없었지만—도 반드시 전율이 일어 그 결과를 그에게 미리 알려주었다.

하지만 아내는 이를 믿지 않았다. 믿지 않기는커녕 웃음을 터뜨리고 급기야는 화를 냈다. 몹시 자존심이 상했지만, 그는 꾹 참았다. 최근에는 가능한 한 예감을 입 밖에 내지 않고 있다. 예언자는 원래 고독하다. 하지만…… 지금은…….

굽이굽이 이어지는 경사길을 대형버스는 깔딱거리는 엔진 소리를 내면서 상당한 속도로 매달리듯 올라갔다.

유리창으로 푸른 하늘이 선회하고, 타이어에서 튀는 작은 돌이 호를 그리며 소리 없이 절벽 아래로 빨려 들어갔다. 더는……, 잠자코 있을 수 없다. 그는 일어섰다.

"일어나. 이 버스에서 내리자."

"뭐?"

아내는 멍하니 대꾸했다.

"위험해. 예의 그 예감으로 확신해. 틀림없이 이 버스는 굴러떨어질 거야. 우리에게 죽음의 위험이 도사리고 있어."

"또 말도 안 되는 소리를…….."

아내는 얼굴이 달아오른 채 그의 옷을 움켜잡았다.

"그만해. 이상한 소리 하는 거 아니야. 바보 같기는."

"바보 같은 게 아니야."

"바보야, 당신은. 미쳤어"

"안 믿는 거 알아. 하지만 한 번쯤은 믿어주면 안 돼?"

다시 전율이 일었고 공포가 그의 온몸을 덮쳤다.

"솔직히 말하면, 어제부터 그랬어. 당신한테 말하면 모처럼 여행 왔는데 이상한 소리 한다고 화를 낼까 봐 가만있었어. 그런데 이제 못 참겠어. 오늘 이 버스를 타기 전에 세 번, 타고 나서는 끊임없이 등줄기가 기분 나쁘게 찌릿찌릿해. 이렇게 심한 것은 처음이야. 여하튼 이 버스는 진짜 아니야. 추락할 거야."

"당신 감기 걸린 거 아니야? 아니면 척수염인가? 그건 의사에게 가보라는 신호야!"

"아니야, 아니라니까!"

그의 고함이 들렸는지, 언짢은 기색을 노골적으로 드러낸 운전사가 돌아보며 말했다.

"내 운전을 믿을 수 없다는 겁니까?"

"아, 아닙니다."

당황한 그가 말했다.

"저는 사고가 두렵습니다. 어떤 사고인지도 모르고 모두에게는 별로 관계없을지도 모릅니다. 하지만 우리에게는 목숨이 좌우되는 문제 같습니다. 제 예감은 정확합니다."

"산마루까지 조금만 가면 됩니다."

"상관없습니다. 괜찮습니다. 우리는 걸어가겠습니다."

중년의 운전사는 명백히 화를 내며 말했다.

"좋습니다. 그럼 내리시죠. 다른 손님들께 방해가 되니까요."

버스는 무사히 멈춰 그와 아내를 내려주고 출발했다.

승객들은 저마다 잡담을 나누며, 짐을 붉은 흙길에 내려놓고 붉어진 얼굴로 한창 말다툼을 벌이는 젊은 부부를 버스 창문을 통해 바라보았다.

버스는 곧바로 커브를 돌았고 두 사람의 모습은 적갈색 절벽 경사면에 가려졌다.

* * *

그날. 석간에는 다음과 같은 기사가 실렸다.

"오늘 오후 2시경, ××관광 대형버스가 산마루 부근에서 핸들을 잘못 꺾어 굴러떨어졌다. 다행히 한 단계 아래 도로에 떨어져 멈춰 승객 중 사망자는 없었다.

하지만 아래 도로를 걷던 한 쌍의 부부가 버스에 깔려 즉사했다. 그들 부부는 그 직전에 버스에서 내린 참이었다."

(1961년)

여름의 장례 행렬

해안가 작은 마을의 역에서 내려 그는 잠시 신기한 듯 주위를 둘러봤다. 역 앞 풍경은 완전히 변해 있었다. 밝은 분위기의 가게들이 늘어선 아케이드가 생겼고, 그 도로도 견고하게 포장되어 있었다. 맨발로 자갈길을 달려 통학해야 했던 초등학교 시절의 자신이 갑자기 생생하게 떠올랐다. 전쟁 말기였다. 그는 이른바 소개아동(疎開兒童, 태평양전쟁 말기에 대도시에서 농촌 지역으로 이동시킨 국민학생)으로 이 동네에 꼬박 3개월을 살았다. 그날 이후로 나는 한 번도 이 동네를 방문한 적이 없다. 그랬던 자신이, 지금은 대학을 나와 취직을 하고 어엿한 회사원이 되어 출장에서 돌아가는 길에 이 동네에 들렀다.

도쿄에는 내일까지 돌아가면 되었다. 두세 시간 정도

는 마음 놓고 빈둥거릴 시간이 있다. 그는 역 매점에서 담배를 사서 불을 붙이고 천천히 걷기 시작했다.

여름의 한낮이었다. 작은 마을에 집들이 나란히 늘어선 모습은 금세 끝이 났고, 예전과 똑같이 건널목을 넘으면 선로를 따라 양쪽으로 약간 굴곡이 진 밭이 펼쳐졌다. 그는 눈을 가늘게 뜨고 걸었다. 멀리서 희미하게 바닷소리가 났다.

키 큰 소나무가 낯익은 완만한 작은 언덕 자락을 돌다가 갑자기 그는 화석처럼 굳어 걸음을 멈췄다. 한낮의 무거운 빛을 받으며 푸른 잎이 물결치는 넓은 고구마밭 너머로 상복을 입은 사람들이 일렬로 움직이는 작은 장례 행렬이 보였다.

순간 십수 년의 세월이 허공으로 사라지면서 그는 자신이 다시 그 상황 속에 있는 것 같은 착각에 사로잡혔다. 멍하게 입을 벌리고, 그는 잠시 숨 쉬는 것을 잊고 있었다.

＊＊＊

짙은 녹색 잎이 겹겹이 포개진 넓은 고구마밭 너머로 일렬로 선 작은 사람들이 움직이고 있었다. 선로 옆길에 서서 그는 새하얀 원피스를 입은 같은 소개아동 히로코와 나란히 그 모습을 보고 있었다.

이 해안 마을의 초등학교(당시는 국민학교라고 했지만)에 도쿄에서 온 아이는 그와 히로코, 단 둘뿐이었다. 두 학년 위의 5학년생으로 공부도 잘하고 키도 큰 히로코는 언제나 그를 감싸주며 겁쟁이인 그의 옆을 떠나지 않았다.

화창한 낮, 그날도 둘이 해안에서 놀다가 돌아오는 길이었다.

행렬은 굉장히 느렸다. 선두의 사람은 먼 옛날 사람처럼 흰 기모노에 거무스름한 긴 모자를 쓰고 얼굴 앞에서 뭔가를 흔들면서 걷고 있다. 그 뒤로 대통 같은 것을 든 젊은 남자. 그리고 네모나고 길쭉한 상자를 멘 네 명의 남자와 그 옆에서 고개를 숙인 채 걸어오는 검은 기모노를 입은 여자.

"장례식이네."

히로코가 말했다. 그는 입을 삐죽 내밀며 대답했다.

"이상해. 도쿄에서는 저런 거 안 하는데."

"근데 여기서는 저렇게 해." 히로코는 누나인 척 가르쳤다. "그리고 아이가 가면 만쥬를 줘. 엄마가 그랬어."

"만쥬? 진짜 팥소가 든 거?"

"그래. 엄청 달아. 그리고 정말 커서 아기 머리만 하대."

그는 침을 꿀꺽 삼켰다.

"근데……, 우리에게도 줄 거 같아?"

"글쎄." 히로코는 진지한 표정으로 고개를 갸웃거렸다. "줄지도, 몰라."

"정말?"

"가볼까? 그럼."

"좋아" 하고 그는 외쳤다. "경주다!"

고구마밭은 새파란 물결이 밀려오는 바다 같았다. 그는 그 속으로 뛰어들었다. 지름길로 갈 작정이었다. 히로코는 논두렁길로 돌아서 갈 생각이었다. 내가 당연히 먼저 도착할 거야, 만약에 도착하는 순으로 줘서 히로코 누나의 몫이 없다면 반으로 나눠줘도 좋아. 고구마 덩굴이 다리에 감기는 부드러운 녹색 바다 속을, 그는, 손을 내저으며 정신없이 달려갔다.

그런데 갑자기 정면의 언덕 그늘에서 커다란 돌이 튀어나온 것 같은 느낌이 들었다. 돌은 이쪽을 향했고, 급속한 폭음과 함께 갑자기 무언가를 세게 떼어내는 듯한 격렬한 연속음이 들렸다. 누가 큰 소리로 외쳤다. "함재기(각종 군함에 적재되는 항공기)다" 하는 목소리였다.

함재기다. 그는 공포에 목이 메었고, 그 순간 고구마밭 안으로 쓰러졌다. 폭발음이 공중에서 무시무시한 소리를 내며 머리 위를 지나갔고 여자의 울부짖음이 들렸다. 히로코 누나는 아니라고 그는 생각했다. 저건 나이가 더 많은 여자 목소리다.

"두 대야, 숨어! 다시 올 거야." 기묘하게 느릿느릿한 그 목소리 사이로 다른 남자의 목소리가 들렸다. "이봐, 안으로 들어가. 거기 여자애, 안 돼. 뛰면 안 돼! 흰옷은 가장 좋은 목표가 돼. 이봐!"

하얀 옷, 히로코 누나다. 분명 누나는 총에 맞아 죽을 거야.

그때 두 번째 공격이 있었다. 남자가 절규했다.

그는 움직일 수가 없었다. 뺨을 밭 바닥에 바짝 붙이고 눈을 감고 최선을 다해 호흡을 죽이고 있었다. 머리가 마비되었는데도 무의식중에 몸을 가리려는 것처럼 필사적으로 고구마 잎을 계속 잡아당기고 있었다. 주위가 갑자기 조용해지고 선회하는 소형기의 엔진 소리만 기분 나쁘게 계속됐다.

갑자기 시야에 크고 하얀 것이 들어왔고 무겁고 부드러운 것이 그를 꽉 눌렀다.

"자, 빨리 도망가자. 같이, 자, 빨리! 괜찮아?"

눈을 치켜뜨고 마치 다른 사람처럼 새파랗게 질린 히로코가 뜨거운 호흡으로 말했다. 그는 말을 할 수가 없었다. 온몸이 경직되어 눈에는 히로코의 하얀 옷만 선명하게 보였다.

"지금 당장 도망쳐야 해. 뭐 하는 거야? 자, 빨리!"

히로코는 화가 난 듯 무서운 얼굴을 하고 있었다. 아, 난 히로코 누나랑 같이 죽을 거야. '나는 죽을 거야'라고 그는 생각했다. 목소리가 나온 것은 그 순간이었다. 갑자기 그는 미친 듯이 소리를 질렀다.

"그만해! 저쪽으로 가! 눈에 띄잖아!"

"구해주러 온 거야!" 히로코도 소리를 질렀다. "어서 길에 방공호로……."

"싫다면! 히로코 누나랑 같이 가는 건 싫어!" 그는 정신없이 온몸으로 히로코를 밀쳐냈다. "저쪽으로 가!"

비명 소리를, 그는 듣지 못했다. 그때 강렬한 충격과 굉음이 땅바닥을 내리치면서 고구마 잎이 하늘로 날아올랐다. 주변에 모래 먼지 같은 막이 생기면서 그는 자신의 손으로 밀쳐내 나가떨어진 히로코가 마치 고무공처럼 튀어 올라 공중으로 뜬 것을 보았다.

* * *

장례 행렬은 고구마밭 사이를 누비며 앞으로 나아가고 있었다. 그 풍경은 기억 속 그날의 광경과 너무나 닮아 있었다. 이것이 그저 우연일까.

한여름의 태양이 바로 목덜미로 내리쬐어 현기증 비슷한 것을 느끼며 그는 문득 자신에게 여름 이외의 계절이 없었던 것 같다는 생각이 들었다. 그것도 자신을 구하러 와준 소녀를, 일부러 총격 아래로 밀쳐버린 그 여름, 살인을 저지른 전쟁 중의, 그 단 하나의 여름만이 아직도 자신을 계속 둘러싸고 있다는 생각이 들었다.

그녀는 중상을 입었다. 하반신이 빨갛게 물든 히로코는 이미 의식이 없었고 남자들이 그 자리에서 구한 들것에 실려 그녀의 집으로 옮겨졌다. 그리고 그는 히로코의 소식을 듣지 못하고 이곳을 떠났다. 다음 날, 전쟁이 끝난 것이다.

* * *

고구마 잎을, 하얗게 뒤집고 바람이 건너간다. 장례 행렬은 그를 향해 다가왔다. 중앙에 사진이 놓인 변변찮은 관이 있다. 사진의 얼굴은 여자다. 그것도 아직 젊은 여자처럼 보인다. 갑자기 어떤 예감이 그를 사로잡았다. 그는 걷기 시작했다.

그는 한 발을 논두렁길의 흙에 얹고 걸음을 멈췄다. 별로 많지 않은 장례식 참석자 행렬이 천천히 그의 앞을 지나간다. 그는 고개를 약간 숙였지만 눈은 열심히 관 위의 사진을 쳐다보고 있었다. 만약 그때 죽지 않았다면 그녀는 분명히 스물여덟이나 아홉이다.

갑자기 그는 기묘한 환희로 가슴이 죄는 것 같았다. 그 사진에는 그녀의 옛날 모습이 그대로 남아 있었다. 그것은, 서른이 가까워진 히로코의 사진이었다.

틀림없었다. 그는 자신이 소리치지 않은 게 오히려 신기할 정도였다.

나는, 살인자가 아니었다.

그는 가슴이 터질 것 같은 것을 힘껏 냉정하게 억누르며 생각했다. 어떻게 죽었든 간에 어쨌든 이 십수 년 동안 살아 있었다면 이제 그녀의 죽음이 내 책임이라고는 할 수 없다. 적어도 나에게 직접적인 책임이 없는 것은 확실하다.

"이 사람, 다리를 절었어?"

그는 무리를 지어 행렬을 따라가던 아이들 중 한 명에게 물었다. 그때 그녀가 넓적다리 쪽을 다쳤다는 생각을 하면서.

"아니, 다리 안 절었는데. 몸은 멀쩡했어."

한 아이가 고개를 흔들며 대답했다.

그렇다면 치료가 된 것이다! 나는 완전히 무죄다!

그는 긴 호흡을 뱉어냈다. 쓴웃음이 뺨으로 올라왔다. 나의 살인은 환영일 뿐이었다. 그 이후의 세월 동안 무겁게 나를 짓눌렀던 하나의 여름의 기억, 그것은 나의 망상, 나의 악몽에 지나지 않았던 것이다.

장례 행렬은 분명 한 인간의 죽음을 의미했다. 그 죽

음을 앞에 두고, 그가 약간 신중하지 못한 건지도 모른
다. 그러나 십수 년간의 악몽에서 해방되어 그는 파란
하늘과 같은 행복으로 가득 차 있었다. 어쩌면, 주체가
안 되는 그 기쁨이 그가 그런 쓸데없는 질문을 입 밖으
로 내게 했는지도 모른다.

"무슨 병으로 죽었어? 이 사람?"

그는 들뜬, 조금 경박한 어조로 물었다.

"이 아줌마, 미쳤어."

어른스러운 눈을 한 사내아이가 대답했다.

"그저께, 강에 뛰어들어 자살했어."

"흠, 실연이라도 당했어?"

"아저씨 바보야?" 운동화를 신은 아이들이 모두 정말
웃긴 듯 웃음을 터뜨렸다. "아니, 저 아줌마 할머닌데."

"할머니? 정말? 저 사진은 기껏해야 서른 정도로 보이
는데."

"아, 저 사진. 저거는, 아주 옛날 것밖에 없었대."

코를 흘리는 아이가 이어서 말했다.

"아니, 저 아줌마, 아무튼 전쟁 때 하나뿐인 딸이 이
밭에서 기관총에 맞아 죽었거든. 그 후로 계속 미쳐 있
었어."

* * *

장례 행렬은 소나무가 서 있는 언덕을 오르기 시작했
다. 멀어진 그 행렬과의 거리를 좁히려는 듯 아이들은
고구마밭 속으로 뛰어들어 환호성을 지르며 달리기 시
작했다.

그는 멈춰 선 채 사진을 실은 관이 가볍게 좌우로 흔
들리며 그녀의 어머니 장례 행렬이 언덕을 오르는 모습
을 지켜봤다. 하나의 여름과 함께 그 관이 끌어안고 있
는 침묵. 그는 이제는 둘이 된 침묵, 두 죽음이 이제 내
안에서 영원히 계속될 것이라는 것, 영원히 계속될 수
밖에 없다는 것을 알았다. 그는 장례 행렬의 뒤를 쫓지
않았다. 쫓을 필요가 없었다. 이 두 죽음은 결국 내 안
에 매장될 수밖에 없다.

하지만 이 무슨 아이러니한 일인가, 하고 그는 입안
에서 말했다. 그 이후로 이 상처를 건드리고 싶지 않다
는 일념으로 이 해안가 동네를 계속 피해왔는데. 그리
고 오늘, 모처럼 십수 년이 지난 이 동네, 현재의 그 고
구마밭을 바라보며 확실히 패전의 여름의 그 기억을 나
의 현재로부터 추방시키고 과거에 봉인해서 오직 나를

가볍게 하려고 이 동네에 내려본 것인데. 정말, 이 무슨 우연의 장난이란 말인가.

이윽고 그는 천천히 역 쪽으로 발길을 돌렸다. 바람이 소란스럽고 고구마 잎 냄새가 났다. 맑게 갠 하늘은 푸르렀고 태양은 여전히 눈부셨다. 바닷소리가 들려왔다. 기차가 단조로운 바퀴 울림을 내며 선로 위를 달려갔다. 그는 문득 지금과는 다른 시간, 아마도 미래의 다른 여름에 또 지금과 같은 풍경을 바라보며 지금과 같은 소리를 들을 것 같다는 생각이 들었다. 그리고 시간을 뛰어넘어 반드시 내 안의 여름의 몇 개의 순간을, 하나의 아픔으로 되살릴 것이다.

이런 생각을 하면서 그는 아케이드 아래로 걸어갔다. 더 이상 도망갈 곳이 없다는 생각이 그의 발걸음을 확실하게 만들었다.

(1962년)

일그러진 창문

아침부터 비가 창문을 적시고 있다. 아파트의 어두컴컴한 방 안에서 비옷을 꺼내 재빨리 외출 준비를 하는 언니를 그녀는 구석진 곳에서 눈을 번뜩이며 바라보고 있었다.

"괜찮지? 그러면 얌전히 집 좀 보고 있어. 곧 돌아올 테니까."

언니가 말했다. 그녀는 대답하지 않았다. 하지만 언니에게 그런 여동생의 태도는 너무나도 익숙한 것이었다. 그대로 문으로 향했다.

갑자기 그녀가 낮은 목소리로 말했다.

"만약에 말이야……, 만약에 사에키 씨가 결혼하자고 하면, 언니, 결혼할 거야?"

"뭐, 무슨 생각을 하는 거야? 너도 참……."

언니는 놀란 얼굴로 여동생의 눈을 바라봤다. 하지만 그녀는 언니의 얼굴에 순간 당황한 기색이 스쳐 지나가는 것을 놓치지 않았다. 역시 그렇구나. 언니는 그 남자랑 결혼할 생각이야.

숨겨도 소용없다고 그녀는 마음속으로 중얼거렸다. 그 남자가 찾아오기 시작한 지 벌써 3개월이 다 되어간다. 그동안의 정기적인 방문 모습, 언니가 의지한다는 것에 우쭐대는 남자의 눈빛, 여동생의 비위를 맞추는 듯한 몹시 상냥한 태도……. 그 남자의 속셈은 명백하다. 때때로 집에 들르기 전후에 역 앞 카페에서 둘이 열심히 속닥속닥 진지하게 이야기를 나누는 것도, 몇 번인가 언니의 뒤를 따라가서 봤으니까 알고 있어. 게다가 그에 대해 말할 때마다 보이는 언니의 그 미안한 듯한 괴로운 표정. 지금까지 이런 일은 한 번도 없었잖아.

"그러면 다녀올게. 아, 참, 역 앞에서 저녁 반찬 사 올게. 네가 좋아하는 걸로. 알겠지?"

"언니……."

말을 하다 말고 그녀는 입을 다물었다. 웃으려던 언니의 얼굴이 다시 그 괴로운 듯한, 미안한 얼굴로 바뀌었다. 그렇다. 언니는 정말 마음이 착하다. 지금 전화도 사에키가 나오라고 부른 것이 틀림없다. 그런데 언니는 그 말을 하지 않는다. 자기와는 다르게 어느 누구도 상대해주지 않는 나를 생각해서 주저하는 것이다. 그리고 언니는 마찬가지로 그 착한 마음씨 때문에 언제나처럼 너무 오랫동안 나를 혼자 내버려두는 것이 안쓰럽고 사에키와도 헤어지고 싶지 않아서 1시간 정도 지나면 반드시 그를 데리고 이 집으로 돌아올 것이다.

마치 용서를 구하는 것 같은 얼굴. 안 돼. 역시 난 아무 말도 안 할 거야. 언니 얼굴을 보면 난 아무런 말도 할 수 없어.

"부탁할게. 집 좀 잘 보고 있어."

그리고 언니는 눈을 딱 감고 서둘러 방을 나간다. 하얀 비옷이 펄럭였고 문이 큰 소리를 내며 닫혔다.

그녀는 작은 소리를 내며 울기 시작했다. 어둑한 방 구석에 엎드린 앙상한 어깨가 떨렸고 그녀는 소리 내어 계속 울었다.

비는 계속 내렸다. 빗방울이 쉴 새 없이 유리창 위로 흐르고 멀리서 천둥소리도 희미하게 들렸다. 천둥이 치면 장마가 끝난다는데 올해 장마는 도대체 언제까지 계속될까.

그녀는 일어서서 창문에 얼굴을 비춰봤다. 눈물로 뒤범벅이 되어 지저분해진 검푸르고 생기 없는 음침한 얼굴. 키도 크고 하얗고 아름다운 언니와는 조금도 닮지 않은 못생긴 얼굴. 스물세 살이나 되었는데도 빈약한 발육부진 중학생 같은 딱딱하고 납작한 가슴. 싫어, 너 같은 거, 나는 정말 싫어. 너 같은 건 죽었으면 좋겠어. 어떻게 돼버려도 상관없어.

스스로에게 말하고 그녀는 눈을 감았다. 또 새로운 눈물이 흘러내렸다.

내가 만약 언니 같은 미인이었다면. 그렇다면 나도 언니처럼 명랑하고 다정다감하고 누구나 좋아해서 지금처럼 집에서 빈둥거리지도 않을 텐데. 미인에 착하고 평판도 좋은 언니가 스물여섯까지 싱글로 있다가 마음이 급해져 사에키 같은 나쁜 남자를 만나는 일도 없을 텐데. 언니에게 이렇게 부담이 되는 일도 없을 텐데. 나는 그게 억울하다.

"하지만 안 되겠어. 안 돼. 언니"라고 그녀는 소리를 내어 말했다. "그 남자는 멀쩡한 얼굴을 하고 있지만 속이 시꺼먼 놈이야. 질투하는 게 아니야. 안 돼. 그 남자는."

그 남자는 퍼뜩 눈치를 채고 눈을 마주칠 때는 상냥하게 싱글벙글 웃고 있지만 조금 멍하게 있으면 마치 다른 사람처럼 냉혹하고 무서운 눈으로 가만히 나를 바라보고 있다. 마치 관찰하는 것처럼. 분명히 이중인격이야. 그렇지? 이런 인간은 믿을 수 없어. 거기다 어제 내가 이 창문으로 길을 내다보는데 그 남자가 지나갔어. 아주 밉살스러운, 그 남자와 꼭 닮은 작은 남자아이의 손을 잡고 부인 같은 사람과 함께. 알아? 언니, 그 남자한테는 부인도, 아이도 있어. 그냥 바람을 피우려고 언니를 속이고 있는 것뿐이야. 언뜻 보면 온화한, 정말 믿을 수 있을 것 같은 상냥하고 신사적인 얼굴로…….

난 그 남자를 용서하지 않을 거야. 처자식도 있는 주제에 언니에게 접근해서……. 정말이야, 믿어줘. 질투 같은 게 아니야. 처음엔 똑똑한 언니가 왜 그런 남자에게 마음을 줬는지 그게 이상했어. 하지만 이젠 알아. 나는 나라는 혹이 항상 언니의 혼담에 방해가 되었다는 사실이 생각났어. 그 남자는 그런 언니의 약점을, 그 초조함을 파고들어서 언니의 환심을 산 거야. 나는 잘 알아. 전부, 전부 내가, 짐밖에 안 되는 내가 잘못한 거야.

나, 정말로 미안하게 생각하고 있어. 그러니까 나, 나의 소중한, 사랑하는 언니를 위해서라면, 나 따위는 어떻게 되든 좋아. 정말. 이건 진심이야. 그래, 나 오늘이야말로 그 증거를 보여줄게.

그녀는 손가락으로 눈물을 닦고 부엌으로 재빨리 뛰어갔다. 날카로운 프렌치 나이프를 꺼내 겨드랑이 밑에 숨기고 다시 창문으로 다가갔다.

볼이 화끈 달아오른다. 그녀는 곁눈으로 창문을 통해 길을 내려다보면서 마음속으로 말했다. 화내지 마. 울지 마, 언니. 내가 언니에게 해줄 수 있는 건 이것밖에 없어. 두고 봐, 언니. 그리고 날 믿어. 내가, 언니가 행복하기를, 그것만을, 진심으로 바란다는 걸……

여전히 쏟아지는 비가 유리창을 씻어 내리고 그 탓에 풍경도 일그러져 아지랑이를 통해 보는 것처럼 흔들리며 흘러내리고 있었다. 언니는 분명 오늘도 사에키를 카페에서 만나 이 집에 데리고 올 것이다.

땀이 밴 오른손의 칼을 그녀는 꽉 움켜쥐었다. 눈에, 사에키가 이 방에 들어서는 순간 말없이 그 몸에 달려드는 나, 절규하는 그의 가슴에 피어나는 진홍색 피의 꽃이 선명하게 떠오른다. 그녀는 처음으로 자신이 언니에게 도움이 된다는 기쁨으로 가슴이 벅차 호흡을 죽이고 일그러진 풍경 속에서 두 사람이 나타나기를 기다렸다.

* * *

그 무렵 막 역 앞 카페에서 나온 두 사람은 소리 없이 쏟아지는 장맛비 속을 걸으며 이런 대화를 나눴다.

"그런데 아무래도 여동생이 벌써 알아차린 것 같아요. 내가 당신의 부탁을 받고 가끔 병세를 보러 가는 신경과 의사라는 걸요."

"아니에요. 아직 눈치채지 못한 것 같아요. 그런데 요즘은 어지간히 상태가 나쁜지 어젯밤에는 밤새 울었어요."

"그렇군요. 장마철에 그런 병은 급격히 악화되니까

요. 아무튼 요즘은 나를 보는 눈빛도 예사롭지 않아요. 분명 경계를 하고 있어요."

"저, 역시 동생은 병원에 입원시켜야 하나요? 우리는 자매 둘뿐이고, 뭔가 불쌍해서……."

"기분은 잘 압니다. 하지만 이제 당신도 결심을 해야 할 때라고 생각해요. 뭐, 오늘, 지금부터 가보고 확실히 결정하기로 하죠."

(1963년)

어
느
드
라
이
브

"정말이지……, 이렇게 둘이 드라이브하다니, 석 달 만인가?"

"그쯤 됐지."

아내는 시트에 등을 기대고 눈을 감았다. 창 가까이 흐르는 짙은 녹색 때문인지, 두통 때문인지 기분상 뺨이 창백하고 예민해 보인다.

"요새 일요일이고 휴일이고 쉬는 날이면 당신은 늘 골프 치러 갔잖아. 질리지도 않나 봐?"

"아이라도 있으면, 다른 데 정신 팔릴 일이 없지."

"어머? 애초에 아이 대신이라며 무리해서 이 차를 샀던 거 아니야? 1년 전에."

"그랬지. 그게……, 말도 안 되는 짓이 되어버렸지."

"말도 안 되는 일?"

"그래"라고 답한 남편은 잠시 뜸을 들였다가 쓸쓸히 웃으며 천천히 말했다.

"단돈 5만 엔이라고 해서 덜컥 달려들었더니, 5기통에 외제차 아니겠어? 세금은 비싸고 기름은 많이 먹고 수리비도 들고……."

"그러네……. 바꾸든지?"

"한때 그 생각도 했지. 이왕이면 근사한 국산 중형차로 바꿀까 하고……. 하지만 너도 왼쪽 핸들이 좋잖아?"

"국산도 왼쪽 핸들은 있어. 수출용이라든지 외국인용이라든지……."

"아, 그래? 그럼 그렇게 해도 괜찮겠네."

차는 문제없이 달리고 있다. 점점 깊은 산속으로 향했고, 창밖 너머로 응고된 피처럼 생긴 야생 색비름이 군데군데 붉은빛을 발하며 뒤로 날아가듯 지나갔다.

"이 차는 좋지 않아."

남편의 느닷없는 말에 아내가 웃음을 터뜨렸다.

"그럼 빨리 팔아버려. 그렇게 화가 나면."

아내의 말이 끝나자마자 "팔아서 뭐?"라고 남편이 대꾸했다.

"팔아봤자 기껏해야 3~4만 엔이야. 남는 게 없어. 아니, 지금껏 들인 비용을 계산하면 엄청난 마이너스라고."

"이자 말하는 거야? 슬슬 차 검사도 해야 하잖아."

아내는 더 크게 웃었다.

"당신 정말 인색하다. 지금껏 들인 비용 따위, 자가용을 즐긴 비용이라고 생각하면 되잖아."

"인색한 게 아니지. 좀 더 이득인 처리를 고심하는 것뿐이야"라고 남편이 진지한 목소리로 말했다.

"나는 일단 내 소유가 된 것은 쉽게 놓아주고 싶지 않아……. 아주 유익한 보상이 아니면 재미없어."

잠시 아내는 입을 다물었다. 그때 국산차 한 대가 추월해 눈앞에서 순식간에 작아졌다.

"게다가 정도 들었어. 차를 사고 초반에는 당신이랑 드라이브도 자주 갔지. 하코네, 미우라 반도, 보소, 이즈, 닛코……. 교대로 운전대를 잡으며 말이야. 아, 이쪽에는 한 번도 안 왔구나."

"그랬던 사람이……. 이번에는 골프에 빠져서는……"하고 무표정한 얼굴로 아내가 말했다.

"처음엔 경품도 꼭 챙겨와서 나한테 줬으면서……. 올해 봄부터는 뚝 끊겼지. 경품도 기념품도 뭐 하나 들고 오지 않던데. 아무리 업무상 치는 거라지만, 내가 꼭 잊힌 것 같고 그랬어."

"그래……. 그게, 봄엔 좀 그랬어. 아, 이 근처 산에는 아직 벚꽃이 남아 있던가?"

"어? 여기 온 적 있어?"

아내는 휙 고개를 돌려 남편을 바라보았다. 한여름의 백색 도로를 비추는 햇빛이 그 눈동자를 초롱초롱 빛나게 했다. 아무런 표정도 읽을 수 없었다.

"이 길로 쭉 가면 골프장이 있어. 어느 날 단골손님들에게 이끌려 그들 차를 타고 그곳에 갔지. 여하튼 그들에게는 아주 운이 좋은 코스인 것 같더라고."

아내는 아무 말 없이 남편의 얼굴을 바라봤다. 남편은 돌아보고 미소를 지어 보이더니 이내 다시 전방으로 시선을 돌렸다.

"하지만 그날은 비가 내렸어. 처음에는 가랑비 따위 뚫고 가자고 의기양양했는데, 점점 빗줄기가 굵어지더니 결국 골프는 물 건너갔지. 그래서 일행과 나는 각자의 차를 돌려 되돌아갔지."

점점 숨이 막힌 듯한 얼굴이 되었지만, 아내는 남편의 얼굴에서 눈을 떼지 못했다.

"그리고 조금 있으면 나오겠지만, 작지만 하얗고 세련

된 호텔이 있어. 그 앞에 우리의 이 차가 세워져 있더군."

"아니야, 말도 안 돼!"라고 아내가 외쳤다. 그리고 신경질적인 손놀림으로 손수건을 잡더니 이마와 뺨을 눌러대며 말했다.

"같은 모양의, 같은 색의 차는 얼마든지 있어. 그래, 당신이 잘못 본 거야."

"내가 번호도 똑똑히 확인했어, 이 눈으로"라고 남편이 침착한 목소리로 말했다.

"마침 비가 개고 있었지. 모두 아쉬워했던 걸 기억해. 길은 내리막이었어. 미끄러지지 않기 위해 차는 서행했어. 그리고 그때 난……, 이 차 옆에 바싹 붙여 주차한 감색의 도요페트 크라운에서 모리야가 내려 호텔에 들어가는 걸 봤어."

갑자기 아내가 히스테릭하게 웃었다.

"어이없어. 당신은 의외로 상상력이 풍부하다니까. 마치 나와 모리야 씨가 그곳에서 밀회했던 것 같잖아. 상상력이 엄청나네."

남편은 상대하지 않고 전방을 주시한 채 계속 나아갔다.

"모리야와는 같은 테니스 동아리였지. 당신은 나보다

는 그와 더 오래 알고 지낸 사이지. 당신……, 그날이 처음이었어?"

"무슨 말을 하는 거야! 실례잖아. 자꾸 이러면 화낼 거야. 멋대로 이상한 상상이나 하고……."

"처음이었냐고 묻고 있잖아."

허를 찔려 자못 감정을 꾸미는 게 분명한 아내의 목소리와 달리 남편의 목소리는 무겁고 강하게 울렸다. 아내는 자신의 얼굴이 굳고 긴장으로 뺨이 떨리는 걸 느꼈다. 창백해져서 아무 말도 하지 못했다.

"시치미 떼도 소용없어. 내가 철저한 성격인 걸 당신도 알잖아. 이미 알아봤어. 호텔 투숙할 때 댄 가명이라도 말해볼까?"

남편은 잠시 후 다시 입을 열었다.

"그렇군……. 아무래도 훨씬 전부터였나 보군."

"아니야. 그날이 처음이었어"라고 말하며 아내는 눈을 감았다.

"믿어줘. 그때 한 번뿐이야."

남편은 쓴웃음을 지으며 아내의 말에 답했다.

"더욱더 당신을 믿을 수 없게 됐어."

"어째서?"

아내는 눈을 떴다.

"그날은 단골손님들 앞이라 아무것도 할 수 없었어. 도쿄에 돌아가서도 그들을 응대해야 해서 바로 가지 못하고, 맥주를 마시고 밤이 되어서야 집에 돌아갔지. 그런데 당신은 완전히 평소와 다름없는 얼굴과 태도로 있지 않겠어? '날 속이다니⋯⋯. 좋아, 끝까지 몰아넣겠어'라고 결심했지."

"무서워, 당신 눈빛." 아내가 말했다.

"사실 난 그때부터 한 번도 골프 치러 가지 않았어."

"뭐? 그게 무슨⋯⋯."

"골프 치러 간다며 집을 나와 한 발 앞서서 그 호텔에 갔어."

더는 분노를 숨기지 않은 목소리였다.

"항상 너희가 오더군. 거의 동시에 가까웠지만, 반드시 당신이 먼저, 그가 나중에 왔어. 하지만 호텔을 나오는 건⋯⋯, 항상 그 반대 순서였고. 몇 번이나 뒤를 밟고 나서야 겨우 그 이유를 알게 됐지."

"그만해⋯⋯. 부탁이야."

"아니, 못 그만둬!" 남편은 고함을 질렀다.

"그 자식 차는 오른쪽 핸들이고, 당신, 아니 우리 차는 왼쪽 핸들이지. 당신은 항상 그 자식의 차를 추월했어. 아니 추월하는 것처럼 하고 나란히 갔지. 그리고 두 사람은 차창 밖으로 손을 내밀어 악수하거나 손을 맞대거나 하면서 장난쳤지. 마치 그것이 '오늘은', '안녕' 같은 너희만의 신호처럼……. 언제나 사이좋게, 행복한 듯이, 아이처럼, 너희는 그렇게, 호텔을 왕복하며, 부정과 스피드가 주는 스릴을 즐겼어."

아내는 남편의 얼굴이 시뻘겋다는 걸 깨달았다. 결혼하고 6년, 그녀는 남편의 이런 얼굴은 처음 본다고 생각했다. 가슴이 떨려왔다.

"안쪽 차선에서 추월하는 건 위반이니까. 그래서 너희의 도착과 출발 순서가 그랬던 거야. 하지만 왜 굳이 도로에서……. 정말이지, 당신도 운전 실력이 늘었네."

남편은 건조하게 말하며 웃었다. 아내는 입술을 부르르 떨면서 어깨가 들썩이게 호흡하고 있었다. 이마에서는 식은땀이 맺혀 흘렀다.

"그 자식이 좋아?"

아내는 아무 말도 하지 않았다.

"나랑 헤어지고 싶어?"

아무 말도 하지 않았다.

"대답해. 나는 지금 진지해."

"그래……. 나는 당신을 속였어." 그제야 아내가 입을 열었다.

"지금도 속이려고 했어……. 하지만 이제 끝이네. 그 사람과 결혼할지는 별개야. 어쨌든 나는 당신과 더는 함께 살 수 없어."

"어째서?"

"당신이란 사람을 믿을 수 없게 됐어."

"하, 제멋대로군." 남편이 말했다.

"당신이 믿을 수 있다는 것은, 뭐, 만만하게 볼 수 있다는 의미인가 보지?"

"그런지도 몰라." 한숨을 내쉬는 듯한 어조로 아내가 말했다.

"나는……, 지금껏 당신이란 사람을 잘 몰랐나 봐."

"지금껏?"

남편이 웃으며 돌아봤다.

"아니, 당신은 아직도 날 잘 몰라. 이제 곧 더 잘 알게 될 거야."

"이제 곧?"

"그래, 얼마 안 남았어."

남편은 전방을 주시한 채 말했다.

"아까도 말했지? 나는 내 소유가 된 것은 쉽게 놓아주고 싶지 않아. 만약 손에서 놓아야 할 때는, 상당히 유익하고, 마음에 드는 보상이 아닌 한 재미없다고 말이야."

남편은 아내를 응시하다가 창밖 풍경으로 시선을 옮겼다. 그것은 얼어붙은 듯이 차가운 눈초리였다.

"이제 곧, 항상 너희가 손을 만지작대며 놀던 부근이야. 자, 당신이 운전대 좀 맡아줘."

"왜?"

"묻지 말고 교대해줘."

남편은 브레이크를 걸어 잠시 차를 세우더니 억지로 아내를 왼쪽 운전대로 밀어내고 자신은 조수석으로 바꿔 앉았다.

"자, 시동 걸어. 천천히 운전하는 거야."

남편의 목소리나 태도는 다른 사람인 듯 위압적이어서 아내는 그가 하라는 대로 따를 수밖에 없었다. 차가 미끄러져 움직이기 시작하자 남편은 몸을 비스듬히 굽혀 시트 뒤로 숨었다. 운전하는 아내의 무릎 근처에서 그녀를 올려다보며 말했다.

"슬슬 모리야의 차가 도착할 시각이야. 항상 뒤따라

오는 당신 차가 보이지 않는 걸 의아해할 테지. 하지만 약속 시간이 있으니 오늘은 웬일로 당신 먼저 갔나 하면서 올 거야. 그리고 이 차를 발견하고 기뻐 날뛰며 쫓아오겠지."

"무슨 속셈이야?"

아내의 목소리는 떨리고 있었다.

"그 자식은 오늘도 분명 '오늘은'을 하려고 하겠지. 다행히 인적이 드문 산길이야. 위반해도 상대방은 내연 사이이니……, 상관없겠지. 그래서 그 자식은 안쪽 차선에서 추월하려고 할 거야."

안쪽 차선. 이내 그 길의 안쪽을 보고 아내는 비명을 삼켰다. 가드레일이 없는 도로의 왼쪽은 깎아지른 듯한 절벽과 이어져 있었다. 골짜기 아래로는 바위도 삼킬 만큼의 물살이 소용돌이치고 있었다.

"설마, 설마 당신……."

"잘 들어." 아래에서 남편의 목소리가 흘러나왔다.

"당신은 추월할 수 있도록 차를 오른쪽으로 비켜주는 거야. 그리고 모리야가 차를 나란히 붙여 손을 내밀면 갑자기 핸들을 왼쪽으로 꺾어. 부딪쳐서 그 자식의 차를 절벽 아래로 떨어뜨리는 거야……. 당신은 운전 실력이 뛰어나니까, 잘하면 이쪽은 떨어지지 않고 끝낼 수 있어."

"아니, 싫어. 그런 짓을……."

아내는 날카로운 목소리로 외쳤다. 그러나 남편은 평온한 어조로 말했다.

"싫으면, 그때 내가 아래에서 핸들을 왼쪽으로 꺾으면 돼. 이 절벽에서 떨어지면……, 아마 모리야는 죽겠지. 목격자는 아무도 없어. 그 자식이 위반해서 난 사고라면 이쪽에는 벌금조차 부과되지 않을걸. 그리고 만일 모리야가 살아남는다면……, 그러면 나는 당신을 모리야에게 보내고 그 대신 막대한 위자료를 청구할 거야. 어쨌든 사고는 그 자식이 위반해서 난 거니까 이 차에 미치는 손해에 상응하는 배상금을 받겠지……. 어때? 좋은 생각이지?"

삐딱한 자세로 몸을 굽힌 남편이 음침하게 웃었다. 아내는 거의 기절하기 일보 직전이었다. 그때 백미러에 감색의 도요페트 크라운 한 대가 쭉쭉 속도를 내며 다가오는 것이 비쳤다. 운전하는 남자가 오른쪽 창문에서 손을 내밀었다. 모리야였다. 아내는 핸들을 꽉 쥐었다. 신호하듯 경적을 울리며 차가 다가왔다. 남편이 눈을 치뜨고 아내를 보며 웃었다.

"왔군. 자, 내가 말한 대로 해."

그러나 아내는 필사적으로 그 말을 무시했다. 차를 가드레일 직전까지 몰리도록 계속 액셀을 밟았다. 모리야가 추월하지 못하도록, 나란히 운전하지 못하도록, 끝까지 그 진로를 막으려고 했다.

"당신, 뭐 해?"

남편의 분노한 음성이 떨어졌다. 그가 손을 뻗어 단단히 핸들을 잡았다. 오른쪽으로 꺾을 셈이었다. 정신없이 저항하는 아내와 불편한 자세의 남편이 벌이는 힘겨루기는 팽팽했다. 차체는 조금씩 후미를 좌우로 흔들더니 결국 속도를 높여 돌진했다. 사고는 그 직후에 일어났다.

아무리 불편한 자세였다고 해도 결국 남자의 힘이 여자의 힘을 이겼다. 핸들은 크게 오른쪽으로 꺾였고, 속도를 이기지 못한 쉐보레는 도로 오른쪽 절벽을 들이받았다. 그 충격으로 커다란 바위 하나가 쉐보레 위로 천천히 떨어졌다.

뒤따라온 감색 도요페트 크라운이 허둥지둥 급정거하여, 모리야가 오른쪽 전반부가 찌그러진 쉐보레에 달려갔을 때 남편은 이미 싸늘한 시체였다. 얼굴은 피와 유리 파편에 파묻혀 있었고 하반신은 바위에 깔려 움직일 수도 없었다.

아내는 기절한 상태였다. 기적적으로 그녀는 몇 군데의 타박상과 찰과상을 입었을 뿐 큰 부상을 입지는 않았다.

* * *

그녀는 약 1시간 뒤, 이송된 인근 병원의 침대 위에서 눈을 떴다. 그녀의 신음 소리에 간호사가 말을 걸었다.

"움직이지 마세요, 괜찮아요. 안심하세요."

"그 사람은? 남편은요?" 아내가 물었다.

간호사는 고개를 숙이고 안됐다는 눈으로 그녀를 바라보았다. 아내는 모든 것을 이해했다. 갑자기 눈에서 뜨거운 것이 넘쳐흐르기 시작했다. 눈물이었다. 어쩐지 아내는 그 눈물이 공포에서 벗어났다는 안심의 눈물도, 죽지 않았다는 기쁨의 눈물도 아닌 것 같았다. 하물며 남편과 헤어져 모리야와 함께 있을 수 있는 게 기뻐서 흘리는 눈물도 아닌 것 같았다. 그때 그녀의 머릿속에는 남편밖에 없었다. 자신을 그토록 진심으로, 한결같이 사랑해준 사람. 틀림없이 그런 남편을 영원히 잃어버렸다는 슬픔에서 흘린 눈물이었으리라.

"유감입니다." 간호사가 말했다.

"당신을 이송해온 사람도 아주 많이 동정하며 안타깝다고 말하더군요. 그리고 부인에게 이 편지를 전해주라고 했습니다."

편지를 받으면서 아내가 물었다.

"어디 있어요? 그 사람은?"

"아, 그게……, 지나가던 길이었다고만 하고 이름도 말하지 않고 가버려서……."

문득 마음이 쿵 했다. 아내는 조그맣게 접힌 흰 종이를 펼쳤다. 눈에 익은 모리야의 글씨가 적혀 있었다.

"훌륭히 해냈군. 알고 있어. 당신은 처음부터 그 녀석을 기절시켜 그 자리에 두었겠지. 얼버무리지 않아도 돼. 내 눈에는 그 차 안에 당신밖에 안 보였다는 게 증거야. (그게 아니라면 저 골프광이 어째서 나와 약속한 호텔로 가는 당신 차에 타고 있었지?) 어쨌든 좋아. 당신은 머리가 좋으니까. 이 사고를 가장한 계획 살인도 어떻게든 정황을 맞추겠지. 하지만 나는 당신이 무서워졌어. 당

신이 남편을 살해한 걸 눈감아 주는 대신 나를 말려들
게 할 생각 마. 내가 위반하려고 했기 때문이라는 말 따
위는 하지 않았으면 좋겠어. 사실 나는 아무것도 몰랐
으니까. 지금 나는……, 그 자식한테 너무 미안한 마음
뿐이니까. 두 번 다시 당신을 만나고 싶지 않아. 안녕.
네가 운이 좋기를 바랄게."

　"아니야. 아니라고." 아내는 무의식적으로 중얼거리
다 이내 침묵했다. 더는 변명할 기운도 없었고 자신의
말을 누구도 믿을 리 없다고 생각했기 때문이다. 온몸
의 아픔과 새로 솟는 눈물 속에서, 아내는 문득 남편이
남긴 얼마 안 되는 유산을 계산하는 자신을 깨달았다.

(1964년)

마음속 깊고 어두운 그늘에 집중한 작가

야마카와 마사오는 35세에 집 근처 건널목에서 교통 사고로 급작스럽게 세상을 떠났다. 작가로서, 편집자로서 그 재능을 못다 피우고 생이 끝나버렸다. 아쿠타가와상 후보로 네 차례 선정되었고 쇼트쇼트(short-short, 원고지 20매 내외의 초단편소설)의 대가로 명성이 높아지던 차였다. 게다가 어린 시절 아버지를 여의고 가장으로서 고생하다 마침내 가정을 꾸렸는데 결혼하고 이듬해에 이런 사고를 당하다니 참으로 안타깝다.

야마카와 마사오의 작품에는 당시 일본 문학계에서도 드물게 도시적 감각, 즉 세련미가 있다. 도시 속 냉혹한 고독을 날카로운 눈으로 묘사했다. 그의 작품은 뉴욕을 배경으로 한 시사적 단편소설로 유명한 존 치버

(John Cheever)의 작품을 연상하게 할 만큼 품격 있다. 일본 세류출판사에서 2011년 출간한 야마카와 마사오의 에세이집『목적을 가지지 않는 의지(目的をもたない意志)』의 권말에 편집자 다카사키 도시오는 다음과 같이 서술했다.

"야마카와 마사오는 너무나도 비극적으로 요절했기 때문에 지금도 전설의 마이너 포엣(minor poet, 일류보다 약간 못한 지위를 갖는 시인. 시의 품격이나 질이 낮다는 의미는 아님. 유명한 시인에 비하여 작품 수가 적거나 주류 문학의 권위에 부정적인 태도로 자신만의 개성을 갖춘 시인을 말함)으로서 일부 열광적인 팬층을 보유하고 있다. 나는 일찍이 무라카미 하루키의 단편집『중국행 슬로 보트』가 간행되었을 때, '야마카와 마사오의 재래(再來)'라고 생각했다.

지금은 상상하기 힘들지만, 무라카미 하루키의 초기 작품에는 투명하고 메마르고 서정적인 마이너 작가의 분위기가 감돌았다. 청춘기의 그늘을 경질적이고 추상적인 단어로 표면에 드러나게 하는, 그 독특하고 섬세한 문체는 내 머릿속에 두 사람을 연관 짓게 한다."

그는 결코 드라마틱하거나 과장되게 이야기를 풀어

내지 않는다. 평온한 나날을 살아가는 보통 사람들을 그리면서 그들이 문득 직면하는 어느 한순간의 그늘에 집중하며 그 속마음을 들여다본다. 왠지 어두운 이야기가 많을 것 같지만, 마음속 어둠을 그리면서도 그림자가 지나간 후의 밝음도 소중히 다룬다. 이는 그의 작품에 여름과 해안이 많이 담긴 데에서도 드러난다. 마음의 상처를 안고 조용히 살아가는 어른을 화자로 청춘의 빛과 그림자를 그려낸다.

그는 이른바 '게이오 코스'를 밟아 대학을 졸업하고 편집자로 근무하며 책과 가깝게 지냈다. 젊은 작가를 문단에 등단시키며 뛰어난 편집자로서의 면모를 보였으나 작가가 되고자 편집 일을 그만두었다. 그야말로 성실하게 성장해 소설가가 되었다고 할 수 있다. 이 책에는 싣지 못했지만, 그의 단편 「재떨이가 될 수 없다는 것」을 보면 그가 어떤 마음으로 작가가 되고자 했는지 짐작해볼 수 있다.

"3년쯤 전, 나는 여러 가지 이유로 절망했다. 몽상은 모두 비현실, 즉 모든 죽음 속으로 수렴되는 듯해 나는 죽고 싶어져서 죽을 결심을 했다. (중략) 나는 단지 그것을 글로 옮기는 것이 곧 나를 죽음으로 이끄는 것이기를 희망했다. 나는 내가 살고 싶은 의지, 살아야 할 이유를 하나하나 깨부수며 이야기할 작정이었다."

아쿠타가와상과 나오키상 후보에 오를 정도로 문학성을 인정받았던 그는 쇼트쇼트 분야에서도 이름이 높았다. 쇼트쇼트는 완전한 플롯, 신선한 착상, 허를 찌르는 결말 등이 특징이다. 이 책에는 일본 교과서에도 수록된 『여름의 장례 행렬』을 포함해 4편의 쇼트쇼트가 실려 있어 '쇼트쇼트의 대가'라 불리던 그의 글솜씨를 조금이나마 엿볼 수 있다.

그가 살던 가나가와현 니노미야는 일본 남서부에 위치한 바닷가 마을이다. 그래서인지 그는 바다를 좋아했던 것 같다. 그의 작품 속 바다는 밝은 남서부 바다를 연상시키는 동시에 고독이 느껴진다. 일찍이 아버지를 여의고 가장이 된 그는 혼자 짊어진 고독이 어떤 것인지 누구보다 더 잘 알 것이다. 주위 사람 누구에게도 결코 말하지 않고 혼자 삭였을 그 고독함. 그의 작품을 읽고 나면 왠지 모르게 무겁고 메마르고 절박하다는 인상이 남는 것도 그 때문이 아닐까.

1930년 2월 25일 도쿄에서 아버지 야마카와 요시오, 어머니 야마카와 아
야코의 장남으로 태어남. 본명은 요시미. 손위 누이 기사코, 미나
코, 손아래 누이 가요코, 유키코로 5남매. 아버지 야마카와 요시오
는 일본화 화가.

1936년 게이오기주쿠 유치원 입학. 학교법인 게이오기주쿠는 소학교부터
대학까지 진학하는 소중고대 일관교 시스템이 있음.

1939년 게이오기주쿠 유치원 교우지 『글과 시(文と詩)』에 작문이 실림.

1942년 게이오기주쿠 유치원을 졸업하고 4월에 게이오기주쿠 보통부에
진학함.

1944년 집에서 아버지 요시오가 뇌출혈로 급서(향년 46세).

1947년 어머니를 통해 니노미야에 거주하는 극작가 우메다 하루오(梅田晴
夫)를 알게 됨. 3월 게이오기주쿠 보통부를 졸업하고 4월 게이오기
주쿠 예과 문학부에 진학함.

1949년 우메다 하루오의 영향으로 프랑스 문학에 관심이 생김. 불어불문
학과로 옮김.

1950년 8월에서 9월에 걸쳐 집필한 「밴드의 휴가(バンドの休暇)」가 게이오
기주쿠 대학 문학부 기관지 『분린』 9호에 실림. 필명으로 야마카와
마사오를 씀. 필명 야마카와 마사오는 아버지의 스승 가부라 기요
카타(鏑木清方)에서 '方'를, 우메다 하루오에서 '夫'를 따서 지었음.

1951년 가쓰라 요시히사, 와카바야시 마코토, 다나카 린이치로, 모리야 요
이치, 아리카와 시게오 등과 함께 동인지 『문학 공화국』을 9월에
발간함. 『문림』 10호에 「안남의 왕자(安南の王子)」를 발표.

1952년 1월, 졸업논문 「장 폴 사르트르의 연극에 대하여」를 씀. 2월, 『문학

공화국』2호에 「가장(仮装)」을 발표. 3월에 불어불문학과를 졸업하고 4월에 동 대학 문학연구과 불어불문 전공에 입학함. 4월, 『문학 공화국』3호에 「창부(娼婦)」를 발표. 7월, 『문학 공화국』4호에 「노래묶음(歌束) 上」을 발표. 『문학 공화국』은 4호를 끝으로 폐간됨.

1953년 기기 다카타로(木々高太郎)를 주축으로 하여 『미타문학』이 3월호부터 복간되었는데, 편집자로서 함께함. 적극적으로 기획 및 편집 실무에 종사함. 『미타문학』3월호에 「낮의 불꽃놀이(昼の花火)」를, 7월호에 「봄의 단골(春の華客)」을 발표. 7월에 대학원을 중퇴함. 야마카와가 주축이 되어 오리구치 시노부(折口信夫)를 추도하는 기획으로 11월호를 편집함.

1954년 『미타문학』3월호에 「연돌(煙突)」을 발표.

1955년 『미타문학』8월호에 「머나먼 창공(遠い青空)」을 발표. 편집자로서 6월호에 창작 특집을 기획하고 사카가미 히로시, 나카타 고지, 이시자키 하루오의 작품을 실음. 그해 아쿠타가와상 작품상 후보로 사카가미 히로시의 작품이 올라 크게 기뻐함. 「맨스필드 각서」를 쓴 에토 준(江藤淳)을 발굴해 나쓰메 소세키론을 집필하게 하여 11월호, 12월호에 실음.

1956년 『미타문학』의 지면에 다채로운 작가의 작품을 실어 신선하다는 평단의 평을 얻음. 『미타문학』8월호에 「머리 위의 바다(頭上の海)」를 발표. 에토 준과 사카가미 히로시에게 편집 사무를 인계하고 편집 일을 그만둠. 이후 작품 구상에 들어가 장편 「매일의 죽음(日々の死)」 집필에 착수함.

1957년 『미타문학』1월호~6월호에 걸쳐 「매일의 죽음」을 연재함.

1958년 「매일의 죽음」으로 주목을 받아 상업지에 작품을 발표하기 시작함. 『문학계(文學界)』5월호에 「연기의 끝(演技の果て)」을, 『문학계』8월호에 「그 1년」을, 『문학계』10월호에 「귀임(帰任)」을, 『문학계』12월호에 「바다의 고발(海の告発)」을 발표. 「연기의 끝」은 제39회 아쿠타가와상 후보로 선정됨.

1959년 「그 1년」, 「바다의 고발」이 제40회 아쿠타가와상 후보로 선정됨. 3월, 단편집 『그 1년』을 출간함. 아버지의 친구인 사노 시게지로에게 표지를 의뢰함. 5월, 단편집 『그 1년』을 출간함. 마나베 히로시에게 표지를 의뢰함. 11월에 『보석』에 실을 예정으로 집필한 「13년」은 야마카와가 쓴 첫 쇼트쇼트. 당시 단편소설보다 더 짧은 소설의 한 형식인 쇼트쇼트가 유행했음.

1960년 『신초(新潮)』 3월호에 「어느 주말」을 발표. 그 밖에 「부적」, 「론리 맨」 등이 잡지에 실림. 쇼트쇼트는 그가 좋아하고 자신 있어 한 분야였음. 11월, 『히치콕 매거진』 2월호에 「상자 속 당신(箱の中のあなた)」이 실림.

1961년 『신초』 5월호에 「해안공원」을 발표. 『보석』 6월호에 「야마카와 마사오 코너」로 쇼트쇼트가 재수록됨. 이를 계기로 콩트 분야로 이름이 알려짐. 그의 작품이 각색되어 방송되기도 함. 「해안공원」이 제45회 아쿠타가와상 후보로 선정됨. 단편집 『해안공원』 출간함.

1962년 『히치콕 매거진』 2월호부터 다음 해 1월호까지 쇼트쇼트 「친한 친구들(親しい友人たち)」을 연재함. 4월, 야스오카 쇼타로의 소개로 스야(현 산토리)주식회사의 광고지 『양주천국』의 편집에 참여함. 5월, 이쿠타 미도리와 약혼함. 「해안공원」이 1961년도 『문학선집』에 수록됨.

1963년 『문학계』 7월호에 「한밤중에(夜の中で)」를 발표. 5월, 단편집 『친한 친구들』 출간. 10월, TBS TV 드라마 「어머니」 시리즈를 집필. 『문예아사히』 12월호에 「크리스마스 선물」이라는 제목으로 세 편의 콩트 「별빛」, 「바다가 준 꽃다발」, 「돈과 신뢰」를 집필. 11월, 『양주천국』 편집부를 그만둠.

1964년 「크리스마스 선물」이 제50회 나오키상 후보로 선정됨. 『EQMN』 3월호부터 「도코라는 남자(トコという男)」를 연재하기 시작함. 5월, 『길고도 짧은 1년(長くて短い一年)』 출간. 5월, 이쿠타 미도리와 결혼. 『신초』 4월호에 발표한 「아마 사랑일지도」가 제51회 아쿠타가와상 후보로 선정됨. 쇼트쇼트 「부적」이 일본 특집 기획으로 미국에 소개됨. 『신초』 11월호에 「최초의 가을(最初の秋)」 발표. 『소설현대』 12월호에 「치즈루(千鶴)」 발표. 『문학계』 11월호에 「연돌」을 개정해 발표. 다음 해 『신초』 2월호에 실릴 「전망대가 있는 섬(展望台のある島)」 집필. 「연돌」이 1964년도 『문학선집』에 수록됨. 「기다리는 여자(待っている女)」가 『일본 대표 추리소설 전집』에 수록됨. 12월, 와다 요시에, 기타하라 다케오의 추천으로 일본 문예가협회에 입회.

1965년 『소설현대』 3월호에 「봄의 소나기(春の驟雨)」 발표. 5월, 단편집 『아마 사랑일지도』 출간. 2월 19일 오후 12시 30분 무렵, 도쿄 니노미야역 앞 건널목에서 교통사고를 당해 두개골절 중상을 입음. 다음 날인 20일 오전 10시 10분 오이소 병원 병실에서 가족이 지켜보는 가운데 사망. 4월 9일 야마카와 가문 묘지에 묻힘.